Jakob Hein
Vor mir den Tag und hinter mir die Nacht

Zu diesem Buch

Seit Boris Moser seine Agentur für verworfene Ideen eröffnet hatte, war niemand anderes als er selbst durch die Eingangstür getreten. Nun stand diese Frau vor seinem Schreibtisch, Rebecca. Kastanienbraunes Haar fiel auf ihre Schultern, und ihre Augen leuchteten. Während Boris noch darüber sinnierte, ob ihre elegante Nase ihr einen evolutionären Vorteil einbrachte, sprach Rebecca ihn an. Schlagartig wurde Boris klar, dass er diese Frau nie wieder gehen lassen durfte. Und dann tat er etwas, das er sonst unter allen Umständen vermieden hätte: Er erzählte ihr von einem verworfenen Romananfang. Er erzählte ihr von Sophia, die für ihren Auftraggeber eine Geschichte aufschrieb. Sie handelte von dem Wissenschaftler Heiner, der kurz davor stand, den Sinn des Lebens zu ergründen.

Jakob Hein, geboren 1971 in Leipzig, wuchs in Berlin auf, wo er heute als praktizierender Arzt mit seiner Frau und seinen beiden Söhnen lebt. Neben den Bestsellern »Mein erstes T-Shirt«, »Formen menschlichen Zusammenlebens« und »Herr Jensen steigt aus« erschienen von ihm unter anderem sein autobiografisches Familienporträt »Vielleicht ist es sogar schön«, »Gebrauchsanweisung für Berlin«, »Antrag auf ständige Ausreise«, »Der Alltag des Superhelden«, »Vor mir den Tag und hinter mir die Nacht« und zuletzt der Roman »Liebe ist ein hormonell bedingter Zustand«.

Jakob Hein

Vor mir den Tag
und hinter mir die Nacht

Roman

Piper München Zürich

Mehr über unsere Autoren und Bücher:
www.piper.de

Von Jakob Hein liegen bei Piper vor:
Mein erstes T-Shirt
Formen menschlichen Zusammenlebens
Vielleicht ist es sogar schön
Herr Jensen steigt aus
Antrag auf ständige Ausreise
Der Alltag der Superhelden
Vor mir den Tag und hinter mir die Nacht
Liebe ist ein hormonell bedingter Zustand

Ungekürzte Taschenbuchausgabe
Juli 2010
© 2008 Piper Verlag GmbH, München
Umschlagkonzeption: semper smile, München
Umschlaggestaltung: Cornelia Niere, München
Umschlagabbildung: Roland Werner
Autorenfoto: Nelly Rau-Häring
Satz: Filmsatz Schröter, München
Papier: Munken Print von Arctic Paper Munkedals AB, Schweden
Druck und Bindung: CPI – Clausen & Bosse, Leck
Printed in Germany   ISBN 978-3-492-25884-5

Erstes Kapitel: **Verworfene Ideen**

Immer noch hing das Schild der alten Computerfirma über dem Laden. Und Boris schaltete weiterhin jeden Abend die fünf kleinen Halogenleuchten an, die an den langen, über dem Laden angebrachten Metallstäben vor der Häuserwand befestigt waren und das ganz in Schwarzweiß gehaltene, wetterfeste Schild wie einen Hauptdarsteller beleuchteten. Die Computerfirma namens *Pixelbrain* war selbst schon vor längerer Zeit in einen anderen, viel größeren und schöneren Laden umgezogen, aber Boris' Meinung nach war das beleuchtete Schild der Beweis dafür, dass in diesem Laden erfolgreiche Firmen ihren Anfang nehmen konnten. Denn, wie jeder sehen konnte, war hier auch die mittlerweile weltweit operierende Firma *Pixelbrain* entstanden, und der Zauber des Ladens war noch längst nicht verflogen. Es gab also, fand Boris, Grund zur Annahme, dass auch das nächste Unternehmen, das sich hier niederließ, einen kometenhaften Aufstieg würde machen können, der bis auf die Titelseiten der Wirtschaftsmagazine führte.

Davon abgesehen hätte er sich kein eigenes Ladenschild leisten können.

Außerdem hätte Boris nicht sagen können, wie seine Firma heißen sollte. Schon Jahre vor Eröffnung hatte er diesen Laden geplant, er war ihm in seinen Gedanken schon so vertraut gewesen, dass er eine Benennung schlicht vergessen hatte. Der einzige Grund, sich einen schmissigen Namen auszudenken, so schien es ihm, hätte darin bestanden, ein Ladenschild in Auftrag zu geben. Nachdem ein entsprechender Kostenvoranschlag viel zu teuer ausgefallen war, hatte Boris beschlossen, das *Pixelbrain*-Schild beizubehalten. Das hatte zudem den Reiz, dass er dazu nichts tun musste. Glücklicherweise hatten die Leute von der Computerfirma ihr Schild nicht mitnehmen wollen, weil sie natürlich ein viel größeres und viel schöneres Schild über ihren neuen, viel größeren und viel schöneren Laden hängen wollten. Wenn es darum ging, Altes gegen Neues auszutauschen, waren Computerleute sehr zuverlässig.

Das Telefon klingelte. »Agentur für verworfene Ideen, Boris Moser am Apparat«, meldete sich Boris mit seiner freundlichen Telefonstimme. Er verfügte noch über die verärgerte, die müde und die verunsicherte Telefonstimme, die er aber in der Firma nicht gebrauchen konnte.

»Ist da nicht der Computerladen?«, krächzte eine belegte Stimme. Sie gehörte wahrscheinlich einem

Mann, hätte aber auch die einer Frau sein können, die an einem schweren Fall von frühem Morgen litt.

»Nein, hier ist die Agentur für verworfene Ideen. Boris Moser.«

»Aber ich habe mir doch die Nummer vom Computerladen genau aufgeschrieben«, wunderte sich die Stimme.

»Das kann schon sein. Sie meinen bestimmt *Pixelbrain*.«

»Nein, ich meine den Computerladen.«

»*Pixelbrain* ist ja ein Computerladen«, erwiderte Boris etwas entnervt. »Aber die sind vor zwei Monaten in einen anderen Laden umgezogen.«

»Aha«, sagte die Stimme und schwieg. Boris überlegte, ob er auflegen sollte.

»Und Sie sind was, bitte? Die Agentur für verlorene Ideen?«, fragte die Stimme schließlich.

»*Verworfene* Ideen.«

»Mit Computern kennen Sie sich nicht zufällig aus?«

»Nein«, bestätigte Boris. »Überhaupt nicht.«

Wieder Schweigen. »Und was machen Sie so?« Die Stimme klang jetzt weniger belegt und weiblicher.

»Wie meinen Sie das?«

»Na, wenn Sie Ihre Agentur betreiben, was machen Sie da so den ganzen Tag?«

»Na ja, ich schließe morgens den Laden auf,

mache Kaffee, dann höre ich den Anrufbeantworter ab, sehe nach, welche Termine ich habe, und gehe die Post durch.«

»Und haben Sie damit lange zu tun?«

»Nein, eigentlich schließe ich nur auf und koche Kaffee. Wir haben gerade erst angefangen, und viel ist noch nicht los.«

Warum Boris das alles der Stimme erzählte, war ihm selbst nicht ganz klar. Er vermutete, dass er sich insgeheim diese Fragen selbst gern gestellt hätte oder vielmehr stellen sollte, es aber nie getan hatte, weil sie an viel zu grundsätzlichen Problemen seines derzeitigen Lebens rührten. Sich dieser anonymen Stimme zu offenbaren, die eigentlich nur den Computerladen anrufen wollte, fiel ihm leichter. Diese Frau würde er nie zu Gesicht bekommen, vor allem musste er sie in diesem Augenblick nicht ansehen. Boris konnte jederzeit den Hörer auflegen und damit das Gespräch beenden, er verriet keine Staatsgeheimnisse, und bestenfalls würde er aus seinen Antworten etwas Interessantes über sich selbst erfahren.

»Und was wollen Sie machen?«

»Wir, das heißt, eigentlich bin ich allein, also ich will verworfene Ideen sammeln und vermitteln. Viele Ideen werden verworfen, weil sie für nutzlos, unzeitgemäß, unpassend oder unmoralisch gehalten werden. Normalerweise verschwinden diese Ideen einfach. Ihre Urheber bemühen sich, nicht mehr an sie zu denken, und die Idee verblasst von Tag zu Tag mehr. Spätestens mit dem Tod ihres Urhebers ist sie dann unwiederbringlich verloren. Aber vielleicht würde man gerade diese Idee ein paar Jahre später dringend benötigen. Aber dann muss sie noch mal gefunden werden, und es entsteht möglicherweise nur eine deutlich schlechtere Variante der Ursprungsidee. Ich vertrete nämlich die Theorie«, Boris Tonfall kippte nun in etwas um, das man ohne Übertreibung Raunen hätte nennen dürfen, »dass jede Idee auf dieser Welt nur einmal gedacht wird. Sicherlich gibt es hier und da vergleichbare Ideen, aber zwei Ideen sind nie identisch. Wie Schneeflocken, wenn Sie verstehen, was ich meine.«

Am anderen Ende der Leitung hörte er immerhin ein »Hmm«.

»Nein, wirklich. Der Tonfilm, die Spezielle Relativitätstheorie, selbst die Armbrust. Das sind einmalige Ideen. Die hätte niemals wieder jemand anders genau so denken können, nicht einmal dieselben Personen. Wenn Einstein an dem Tag viel zu tun gehabt hätte oder sich noch mit einer Frau hätte treffen wollen und spät dran gewesen wäre und darüber hätte nachdenken müssen, ob er ein kariertes oder ein gestreiftes Hemd anziehen soll, anstatt seine Idee gleich festzuhalten – wer weiß, was passiert wäre! Sicher hätte er eine ähnliche Theorie entwickelt, aber nicht dieselbe. Er hätte ein paar

Tage später an seinem Schreibtisch gesessen und sich das Hirn zermartert, wie denn noch seine Idee vom vergangenen Sonntag ausgesehen hatte, an dem er sich mit dieser Frau im Park getroffen hatte.«

Boris nahm das Schweigen am anderen Ende der Leitung als Zustimmung. »Und da kommen wir ins Spiel. Also ich. Ich sammele solche Ideen, bevor sie verworfen werden oder verloren gehen.«

»Nun ist nicht jeder Mensch ein Einstein«, sagte die Frau.

Es schien Boris unglaublich, dass sie ihm immer noch zuhörte. »Natürlich nicht. Das ist auch besser so. Einstein hat aus vielen seiner Ideen selbst etwas gemacht. Allerdings möchte man lieber nicht wissen, wie viele Ideen er im Laufe seines Lebens verworfen hat. Für jemanden wie Einstein müsste man im Grunde genommen einen eigenen Mitarbeiter einstellen, der ihm den ganzen Tag hinterherläuft und verworfene Ideen einsammelt. Aber im Moment haben wir die personellen Möglichkeiten nicht. Also ich.«

»Und von wem beziehen Sie denn Ihre Ware?«, fragte die Stimme mit einem leisen Unterton, der Boris missfiel.

»Von jedem. Ich sage immer, eine Idee im Leben hat wirklich jeder. Und die nehmen wir gern. Insbesondere Leute mit wenigen Ideen haben keine Vorstellung davon, wie interessant gerade dieser eine Einfall von ihnen sein könnte, weil sie keine Vergleichsmöglichkeit haben. Und ich biete an, diese Idee gegen eine Provision an jemanden, der damit etwas anfangen kann, weiterzuvermitteln. Der Idealfall wäre natürlich die platonische Kugel. Sagt Ihnen das etwas?«

»Nein.«

»Platon erzählt, dass die Menschen früher vier Arme und vier Beine gehabt und wie eine Kugel ausgesehen hätten. Aber sie bekamen Ärger mit Zeus, der diese Kugel dann durchschnitt. Seitdem würden die Menschen versuchen, sich wieder mit der anderen Hälfte der Kugel zu vereinen.«

»Eine schöne Vorstellung.«

»Aber ich meine es ganz konkret. Wenn ich zum Beispiel eine Idee hereinbekomme für einen Fünf-Takt-Motor, der nicht funktioniert, und eine andere, wie man mit Luft einen Motor betreiben könnte, die aber leider nicht für Vier-Takt-Motoren anwendbar ist, dann wäre das doch grandios.«

»Das ist doch aber eine Illusion.«

»Nicht ganz«, eiferte sich Boris. »Einige der besten Erfindungen sind so entstanden. Kennen Sie die kleinen gelben Zettel, die man überall ranheften kann?«

»Natürlich.«

»Das ist ein typischer Fall für das, was ich meine. Der Erfinder hatte einen Klebstoff entwickelt, der schlecht klebte und die Idee dazu schon verworfen. Ein paar Monate später fiel ihm auf, dass die Menschen einander pausenlos Zettel schreiben, die aber herunterfallen, weggeweht werden oder irgendwo unsichtbar herumliegen. Und auch diese Beobachtung wollte er gerade zur Seite schieben, als ihm glücklicherweise sein alter Klebstoff einfiel und er also die gelben Klebezettel erfand, mit denen er Multimillionär wurde. Die platonischen Kugeln!«

»Aber wo finden Sie noch so jemanden?«

»Das ist ja gerade das Gute an meiner Agentur. So muss nicht mehr eine Person zwei Ideen haben. Die Agentur bringt Ideen zusammen.«

»Sie sind schräg«, sagte die Stimme am Telefon. »Das gefällt mir.«

Boris wusste nicht, ob er das als Kompliment oder Beleidigung auffassen sollte. Ihm fiel auf, dass die meisten Komplimente oder Beleidigungen diese Eigenschaft besaßen und dass man etwas gegen diese Zweideutigkeit unternehmen müsste, um die Kommunikation zu erleichtern. Er machte sich schnell ein paar Stichworte auf die Schreibtischunterlage. Boris war es gewohnt, nie eine Idee zu verwerfen, und hatte Routine im Notieren.

»Wieso schräg?«, fragte er sicherheitshalber.

»Hat denn schon mal jemand eine der Ideen aus ihrer Agentur umgesetzt?«

»Ja«, sagte Boris ein bisschen zu zögerlich.

»Wer denn?«

»Nun ja, ich selbst. Diese Agentur war meine Idee, und ich wollte sie ursprünglich verwerfen.«

»Ich verstehe«, sagte die Frau. Dann schwiegen beide.

»Hören Sie, es war sehr interessant, sich mit Ihnen zu unterhalten«, sagte die Frau schließlich. »Aber mein Computer geht immer noch nicht, und ich muss dringend in dem Laden anrufen. Können Sie mir die neue Telefonnummer geben?«

»Natürlich«, sagte Boris und gab ihr die Nummer, die er direkt auf den Telefonapparat geschrieben hatte. Denn im Grunde genommen wollten alle, die anriefen, den Computerladen sprechen.

»Komisch«, sagte die Frau. »Dass die nicht ihre alte Nummer mitgenommen haben.«

»Sie wollten eine neue Telefonanlage einbauen, das ging mit der alten Nummer nicht.«

»Also vielen Dank und viel Erfolg mit Ihrer Firma.«

Boris bedankte sich und legte auf. Irgendwie fühlte er sich anders als zuvor, konnte aber nicht genau sagen, wie. Anstatt darüber nachzugrübeln, nahm er eine Karteikarte heraus und erfasste die Idee über die Komplimente und Beleidigungen, bevor er sie vergessen würde.

Zweites Kapitel: **Fragen und Projekte**

Es war schon sehr oft passiert, dass die Tür aufgegangen und eine schöne Frau in seinen Laden gekommen war, bisher allerdings ausschließlich in seinen zahllosen Tagträumen, für die Boris viel Zeit hatte. Aber dass sich die Tür tatsächlich öffnete und tatsächlich von einer schönen Frau durchschritten wurde, überforderte ihn etwas. Seitdem er die Agentur eröffnet hatte, war seiner Erinnerung nach niemand außer ihm selbst durch diese Tür gegangen, kein ungezogenes, anstrengendes Kind, kein hässlicher alter Mann und auch kein unauffälliger Mittfünfziger in grauem Anzug.

Diese Frau mit dem langen kastanienbraunen Haar, den hell leuchtenden Augen und dem mit einem Hauch von Violett geschminkten Mund war seine erste Kundin. Sie sah ihm direkt in die Augen und lachte ihn an, was Boris verlegen machte. Ihm fiel ihre schöne Nase auf, nicht zu klein und klassisch geschwungen. Boris hatte nie verstanden, warum die Leute Frauen mit Stupsnase mochten. Er fand nichts attraktiv daran, einer

Frau in die Nase sehen zu können, und war überzeugt davon, dass Frauen mit elegant nach unten gebogenen Nasen einen genetischen Vorteil hatten.

»Sie sehen ganz anders aus, als ich sie mir vorgestellt hatte«, sagte die Frau, nachdem sie ihn ausführlich betrachtet hatte. Sie zog ihren dunklen Trenchcoat aus, warf ihn schwungvoll über einen der zwei Stühle vor Boris' Schreibtisch und setzte sich auf den anderen. »Irgendwie besser. Ich dachte, Sie wären mehr so ein Typ, der aussieht, als wäre er aus lauter Ersatzteilen zusammengesetzt worden. Sie wissen schon: zwei linke Beine, verschieden lange Arme, zu kurzer Oberkörper, zu großer Kopf mit hohem Haaransatz. So die Art von Leuten, die auf eine unbeschreibliche Art hinken und eine große Hornbrille tragen, die am Steg mit Pflasterband geklebt ist.«

Boris wusste nicht recht, was er darauf sagen sollte, außer: »Kennen wir uns?«

»Ja, wir haben heute Vormittag miteinander telefoniert. Mein Computer war kaputt.« Sie korrigierte sich: »Ist kaputt. Ich war dann in dem komischen Computerladen, und genau in diesem Moment wird mein Computer hoffentlich repariert. Die haben gesagt, ich kann ihn in einer Stunde abholen. Da habe ich beschlossen, mir in der Zwischenzeit mal Sie und Ihre Agentur für verworrene Ideen anzugucken.«

»*Verworfene* Ideen«, korrigierte Boris. »Wir sind eine Agentur für verworfene Ideen.«

»Jaja, ich weiß schon. Ist gerade viel los?«

»Nein, im Moment ist es gerade etwas ruhiger. Möchten Sie einen Kaffee trinken?«

»Ehrlich gesagt, würde ich viel lieber einen Tee trinken, aber nur, wenn sie einen richtigen dahaben.«

»Ich glaube, ich habe irgendwo noch Teebeutel«, sagte Boris.

»Dann trinke ich lieber einen Kaffee. Obwohl sie Teebeutel heißen, habe ich es noch nie erlebt, dass es jemandem gelungen ist, aus diesen Beuteln einen Tee zu machen.«

Boris sah sie fragend an.

»In diese Beutel wird das gefüllt, was nach der Teeernte zusammengefegt wurde, die wenigen Aromastoffe werden von dem sie umgebenden Toilettenpapier aufgesogen. Wenn schließlich die Beutel lauwarm gewässert werden, können sich diese armseligen Teekrümel nicht ausbreiten. Tee braucht sehr viel Platz, den gibt es nicht in so einem Beutel. Viele Menschen ahnen das und bewegen deshalb ihre Teebeutel wie wild durch das umgebende Wasser. Aber diese Masche funktioniert nicht, das ist gerade so, als würden sie einen Vogelkäfig umherwerfen, um die Flugweise des darin befindlichen Vogels zu erforschen. Also stopfen die Hersteller meist mehr Tee in diese Beutel, als man für eine

Tasse bräuchte, wodurch das Wasser dunkel und bitter wird.«

Boris konnte ihr nicht vollständig folgen, weil seine Aufmerksamkeit gleichzeitig von Hör-, Seh- und Geruchssinn beansprucht wurde. Diese Frau sah nicht nur gut aus, sie trug ein Parfüm, in dem um diese Tageszeit eine Sandelholznote dominierte und das ihn ganz durcheinanderbrachte.

»Einen richtigen Tee bereitet man mit zwei Kannen, frischem Tee und frischem kochenden Wasser. Die Kannen müssen sauber gewaschen sein, es ist überhaupt nicht zuträglich, wenn die Innenwände von altem Tee verschmutzt sind. Nach genau drei Minuten gießt man den Tee von der ersten in die zweite Kanne, das war's. Es ist erstaunlich, wie viele Fehler manche Menschen in diese simple Kunst hineinbringen. Sie filtern das Wasser, sie benutzen dreckige Kannen, sie wärmen die Kannen vor, sie lassen den Tee zu kurz oder viel zu lang ziehen, und sie stellen die Teekanne zum Schluss noch mit Vorliebe auf ein Stövchen. Das Stövchen ist für Tee so etwas wie ein Folterinstrument, weil damit der gute Geschmack aus dem Getränk in die Luft gebracht wird.«

Boris verspürte das starke Verlangen, mit seiner Nase an der delikaten Haut ihres Halses zu riechen, denn nur dort würde sich die offizielle Verlautbarung des Parfüms mit dem Geruch ihres Körpers vollendet vermischen. Gleichzeitig wollte er nicht, dass diese Frau in weniger als zwei Minuten seinen Laden verließ und sich dabei zum Abschied auf die Stirn tippte, also musste er sich alle Mühe geben, ihr auch ein wenig zuzuhören.

»Nein, aus so einem Beutel hat noch niemand Tee zaubern können, da würde ich sogar ein Glas warmes Wasser mit brauner Lebensmittelfarbe vorziehen, das schmeckt auch nicht schlechter und enthält weniger Giftstoffe, aber im Moment lasse ich mich noch lieber von Ihnen zu einer Tasse Kaffee einladen.«

»Kaffee« hatte Boris irgendwie verstanden. Er ging zu seiner Maschine und goss ihr eine Tasse ein.

»Ich nehme an, dass Sie ihn schwarz trinken.« Er hatte lange genug in Cafés gejobbt, um das zu wissen.

»Natürlich«, sagte sie leichthin, ohne ein bisschen verwundert zu sein. Er werkelte an der Maschine herum und stellte schließlich zwei Tassen auf seinen Schreibtisch.

»Und, haben Sie heute irgendetwas Interessantes hereinbekommen?«, fragte sie, nachdem sie einen Schluck von dem heißen Getränk genommen hatte.

»Was meinen Sie?«, fragte Boris.

»Na, irgendeine verworfene Idee, etwas Neues.«

»Ja, tatsächlich. Ich habe da etwas.« Er blätterte in einem der Papierstapel auf seinem Schreibtisch. »Irgendwo hier habe ich es, warten Sie. Da: ›Wenn man gemeinsam mit Freunden in ein Restaurant geht und alle dasselbe Gericht bestellen, dann ist es im Prinzip so, als ob einer gekocht hätte.‹«

Die Frau schaute ihn fragend über ihre Kaffeetasse hinweg an, als warte sie, ob noch etwas komme. Er runzelte die Augenbrauen, schaute auf die Rückseite des Blatts, als würde dort noch mehr stehen und schien selbst noch einmal über diese Idee nachzudenken. »Klingt jetzt vielleicht nicht gerade nach sehr viel, aber genau das ist es ja bei verworfenen Ideen. Vielleicht wäre diese etwas für einen Party-Service oder irgendeine Werbeagentur.« Die Frau sah immer noch skeptisch aus.

»Es sind verworfene Ideen«, gab Boris zu bedenken. »Die Leute kommen hier nicht rein und bringen mir perfekt ausgeklügelte Geschäftsideen, komplett durchgerechnet, mit beiliegendem Wirtschaftsplan. Irgendeinen Grund gibt es immer, warum die Ideen verworfen wurden.«

Weil sie ihn immer noch kritisch ansah, aber ein herausforderndes Lächeln ihre Lippen umspielte, entschloss sich Boris, das Thema zu wechseln. »Wie heißen Sie eigentlich, wenn ich das fragen darf?«

»Ich will ihre Fragen in umgekehrter Reihenfolge beantworten: Sie dürfen, und ich heiße Rebecca, Rebecca Kron. Und wie heißen Sie, wenn ich Sie fragen darf?«

»Boris Moser. Hier, es steht alles auf meiner Visitenkarte.« Er reichte Rebecca eine Visitenkarte, die er vor ein paar Wochen nach Stunden qualvoller Computersitzungen selbst ausgedruckt hatte.

»Vielen Dank, Boris. Aber wir waren gerade beim Thema verworfener Ideen, als Sie davon ablenkten.«

»Schade«, sagte Boris. »Ich dachte, diese Ablenkungsfrage würde wirklich funktionieren. Offenbar muss ich eine härtere Gangart wählen. Haben Sie schon einen Weihnachtsbaum?«

»Ob ich was?«, fragte Rebecca entgeistert.

»Ich habe gefragt, ob Sie schon einen Weihnachtsbaum haben?«

»Es ist Juni«, sagte Rebecca.

»Ja. Das ist die beste Zeit. Jetzt sind die Weihnachtsbäume schön billig. Wenn sie bis November, Dezember warten, bezahlen Sie natürlich Unsummen.«

»Ich habe mich noch nie für Weihnachtsbäume interessiert, aber es gibt Leute, die einen echten Kult darum machen.«

»Ich weiß«, sagte Boris. »Man sagt, Nordmanntannen seien die besten. Sie haben runde, nichtstechende Nadeln, die sehr robust sein sollen.«

»Aber die Ablenkung hat trotzdem nicht funktioniert. Der Bruch war zu abrupt«, stellte Rebecca fest.

»Was meinen Sie?«

»Dieses: ›Haben Sie schon einen Weihnachtsbaum?‹ Das ist zu abrupt, zu unvermittelt.«

»Das glaube ich nicht«, erwiderte Boris. »So funktioniert die Ablenkung auf mehreren Ebenen. Entweder lacht man gerade über diesen Bruch. Oder der Gesprächspartner ist so verwirrt, dass er sich nicht mehr an das Thema erinnert. Oder man unterhält sich tatsächlich über Weihnachtsbäume. Oder man unterhält sich darüber, dass andere sich über Weihnachtsbäume unterhalten. Oder man tauscht alte Weihnachtsbaumgeschichten miteinander aus. Und wenn das alles nicht funktioniert, dann kann man immer noch darüber reden, ob die Frage: ›Haben Sie schon einen Weihnachtsbaum?‹ eine gut oder schlecht funktionierende Ablenkungsfrage ist.«

Rebecca sah ihn kurz an, bevor sie loslachte. »Sie sind wirklich schräg. Sie gefallen mir.«

»Aber ich muss gar nicht unbedingt vom Thema ablenken«, fuhr Boris fort. »In meiner Branche, wenn es meine Branche gäbe, ist die Beschaffung der Ware natürlich ein heikles Thema. Einer verworfenen Idee haftet immer der leicht an Essig erinnernde Geruch des Misserfolgs an. Daher kommen nicht gerade viele Leute hier hereinspaziert und sagen: ›Hallo! Ich habe einen Haufen verworfener Ideen für Sie.‹ Was, wenn man nur verworfene Ideen, aber keine einzige geglückte in seinem Leben hätte? Wer will sich das schon eingestehen? Deshalb bekomme ich die meisten Ideen per anonymem Telefonanruf oder E-Mail. Wissenschaftler schicken vor allem E-Mails. Sehr interessante Sachen sind dabei, zum Beispiel eine Studie darüber zu machen, welche Becken auf öffentlichen Toiletten am häufigsten benutzt werden, um dann eine möglichst allgemeingültige Formel daraus abzuleiten. Ist der Abstand zur Eingangstür ein stärkerer Faktor als der Abstand zu einer anderen Wand? Verändern Trennwände oder geometrische Anordnungen das Benutzerverhalten?«

»Wozu soll das gut sein?«, fragte Rebecca.

»Wenn man weiß, welche Becken am meisten benutzt werden, könnte man dort den Hauptanschluss für das Abwasser montieren und vielleicht besonders auf die Qualität von Material und Montage achten.«

»Und warum wurde die Idee verworfen?«

»Zu teuer. Man müsste Hunderte von Videokameras in Hunderten von Toiletten laufen lassen, und dann müssten Dutzende von Doktoranden die Bänder auswerten, damit man ein brauchbares Ergebnis bekäme. Ein Antrag auf finanzielle Unterstützung wurde sowohl von den staatlichen Stellen als auch von der Sanitärindustrie abgelehnt. Die haben sowieso kein Interesse daran, dass ihre Anlagen unendlich lange halten. Wirklich tragisch. Es war sogar eine hypothetische Formel mit dabei, irgendetwas mit dem Quadrat des Abstands zur nächsten Wand und dem Abstand zur Eingangstür in der dritten Potenz. Hier!«

Boris hielt Rebecca das Papier mit der Formel hin, ohne dass sie auch nur einen Blick darauf warf. »Ich werde mir das nicht einmal ansehen, ich habe an meinem letzten Schultag beschlossen, mit Mathematik auch nicht mehr im Entferntesten zu tun haben zu wollen.«

»Aber das geht doch überhaupt nicht.«

»Da täuschen Sie sich, es geht sogar sehr gut. Während der Schulzeit musste ich mich andauernd mit Mathematik beschäftigen, obwohl ich damit überhaupt nichts anfangen konnte. Es war eine schlimme Zeit für uns beide, die Mathematik und mich, aber seitdem lassen wir uns gegenseitig in Ruhe. Die Typen in diesem Computerladen haben meinen Rechner wahrscheinlich in weniger als drei Minuten in Ordnung gebracht und verbringen den Rest der mir berechneten Arbeitszeit vermutlich mit Lachen darüber, wie wenig Ahnung ich habe. Aber das ist mir egal, solange ich nur nichts mehr mit Mathematik zu tun habe.«

Sie schlug die Beine übereinander und lehnte sich mit ihrem Kaffee zurück. Sie sah großartig aus. »Und solche Ideen von Wissenschaftlern bekommen Sie also eine Menge rein?«

Jetzt lenkte sie ab, aber Boris war es egal. »Ja, immer häufiger. Hier ist die Idee zu einer Studie darüber, wie Verkäufer ihre soziale Stellung in Abhängigkeit von dem Geschäft wahrnehmen, in dem sie arbeiten. Leider auch unbezahlbar.«

»Warum?«

»Weil die Untersuchung auch zu aufwendig angelegt ist. Es geht darum, ob ein Verkäufer eines Herrenausstatters sich dem Verkäufer in seinem Lebensmittelladen überlegen fühlt.«

»Natürlich tut er das!«

»Ja, und in der Studie sollte untersucht werden, warum.«

»Weil er mehr verdient«, sagte Rebecca.

»Nicht notwendigerweise«, widersprach Boris. »Darum gerade ging es. Es sollten möglichst gleich verdienende Personen miteinander verglichen werden: wo sie sich eine Wohnung suchen, was für ein Auto sie fahren, welcher Schicht sie sich zugehörig fühlen. Warum geht ein Gemüsehändler mit Abitur nur selten ins Kino und ein Krawattenverkäufer ohne Schulabschluss, der genauso viel oder sogar weniger verdient, regelmäßig in die Oper? Alles aber viel zu aufwendig. Man hätte gesellschaftliche Schichten definieren müssen und Kriterien bestimmen, anhand deren man diesen Schichten einzelne Aktivitäten, Automarken, Wohnviertel und Geschäftsarten objektiv zuordnen kann. Jeder von uns macht das jeden Tag, aber es ist sehr schwierig, dafür objektive Kriterien zu definieren. Unendlich schwierig. Vor allem, wenn man die Studie international erweitern möchte, ein Kleidungsverkäufer hat in vielen anderen Ländern eine weit niedrigere Stellung als bei uns.«

Rebecca lächelte ihn an. Solange es ihr gefiel, was er erzählte, würde er weitermachen, und er konnte endlos weitermachen. »Oder hier, diese Studie darüber, inwiefern die Form der Toilettenschüssel mit dem Nationalcharakter eines Landes in Verbindung stehe. Ich glaube, sie stammt von dem selben Mann, der mir auch die Studie über die öffentlichen Toiletten geschickt hat. Faszinierendes Thema. Nur bei den gründlichen Deutschen gab es bis in die Achtzigerjahre den klassischen Tisch, auf dem sie das Ergebnis ihrer Arbeit betrachten und hinterher ordentlich bürsten können; die Amerikaner mit ihrer Schrankenlosigkeit und Bakterienangst haben den 20-Liter-See, in dem sie ihren Stuhl versenken können, ohne überhaupt eine Toilettenbürste zu kennen, in den diskreten asiatischen Kulturen dominiert das Loch im Boden und so weiter.«

»Das ist ja ekelhaft«, sagte Rebecca.

»Nicht wirklich«, widersprach Boris. »Es erinnert mich ein wenig an eine andere Studie, die mir angeboten wurde: welchen Zusammenhang es zwischen einer Kultur und ihren vorherrschenden Schimpfwörtern gibt. In den kalvinistischen Ländern ist der Teufel ein schlimmes Schimpfwort, in Amerika geht es um Geschlechtsverkehr, in Deutschland vor allem um Anales. Die Katholiken verfluchen sich meist mit dem Herrn, die Russen und die Araber beleidigen ihre Familien. Beides faszinierende Studien, aber es war zu schwer, den Nationalcharakter in diesem Zusammenhang wissenschaftlich wasserdicht zu definieren.«

Eine kurze Stille trat ein. Rebecca leerte den letzten Tropfen aus ihrer Kaffeetasse und beugte sich kurz vor, um sie auf Boris' Schreibtisch abzustellen.

»Nehmen Sie eigentlich alles?«, fragte sie.

»Wie meinen Sie das?«

»Na alles, was Sie so reinbekommen. Nehmen Sie jede verworfene Idee, die Ihnen angeboten wird?«

»Eigentlich sollten wir alles nehmen«, sagte Boris. »Das ist ja gerade der Punkt daran, dass man womöglich mehrere lose Enden bekommt und plötzlich sieht, wie man sie zusammenknoten kann. Trotzdem mache ich eine Ausnahme, aus reinem Selbstschutz, weil ich sonst den Laden innerhalb von ein paar Tagen wegen Überfüllung schließen könnte: Romananfänge nehme ich nicht mehr. Romananfänge wären das *Alan Parsons Project* meiner Branche, wenn es meine Branche gäbe.«

Rebecca sah ihn fragend an.

»Waren Sie schon einmal in einem Plattenladen?«, fragte Boris sie.

»Natürlich«, antwortete sie.

»Ich meine einen richtigen Plattenladen. Die Art von Plattenläden, die es immer geben wird, die Art von Plattenläden, die durch keine Art von Internet, Datenträger oder sonst irgendwas jemals verschwinden wird. Es ist irgendwo hier in meinen Akten, eine der Ideen.«

Boris zog ein paar Schubladen auf, schob die einzelnen Akten aus rosafarbener Pappe in der Schiene der Hängeregistratur vor und zurück und fand bald, was er suchte. »Hier: Welche Art von Geschäft kann man heute noch erfolgreich betreiben? Die großen Ketten verkaufen vieles zum Einkaufspreis oder sogar darunter. Egal, ob es Lebensmittel, Kleidung oder Elektroartikel sind, mit einem kleinen Laden kommt man nicht weiter, vor allem weil man im Gegensatz zu den Ketten den Einkaufspreis nicht drücken kann. Die Gastronomie ist eine Katastrophe. Kommen viele Gäste, ist es ihnen zu voll, und sie kommen nicht wieder. Kommen keine Gäste, sagen die Passanten: ›Hier ist es zu leer, hier gehen wir nicht rein.‹ In der Zwischenzeit aber verderben die teuren Lebensmittel. Bietet man kein Essen an, kommt sowieso niemand. Blumenhandel ist noch eine Möglichkeit, wenn man gern sehr früh aufsteht, wenig Geld verdienen möchte, viel Geschmack und Ahnung von guten Blumen hat und möglichst noch keine Blumenkette einen Laden in der Nähe aufgemacht hat.«

»Das stimmt«, unterbrach ihn Rebecca. »Allein in meiner Gegend gibt es sechs Blumenläden.«

»Das steht alles hier«, fuhr Boris fort. Er blätterte in der Akte. »Bla bla bla, hier: ›Blumen-, Zigaretten- und Gemüseläden bieten also die höchste Wahrscheinlichkeit, ein eigenes Geschäft mit einer gewissen Überlebensaussicht zu betreiben. Darum gibt es so viele. Interessanter erscheint dagegen ein Plattenladen. Die Investitionskosten sind gering, denn man muss nur einen Weg finden, sich die Platten möglichst kostenlos zu besorgen. Am besten, indem man mit einer Firma für Haushaltsauflösungen zusammenarbeitet. Später, wenn das Geschäft gut läuft, kann man sich vielleicht spezialisieren und gelegentlich auch Geld für Platten ausgeben, aber nicht am Anfang. Das Ladenlokal muss möglichst alt sein und darf keinesfalls renoviert werden. Neue Ladenlokale mit neuen Schaufensterscheiben, gefliesten Fußböden und weißen Plastiktüren sollte man in jedem Fall vermeiden, egal wie billig die Miete ist. Wenn eine Renovierung absolut sein muss, dann sollte man versuchen, mit alten Filzteppichen und Tapeten das Beste herauszuholen. Idealerweise liegt der Laden im Souterrain, ist dunkel und ziemlich groß. Dann stellt man noch massenhaft Tische rein, auf denen Plattenkisten stehen. Die Platten sind locker sortiert, aber keinesfalls alphabetisch. Die Sortierung besteht ausschließlich aus handgemalten Pappschildern. Auf manchen der Pappschilder wurde sich Mühe gegeben, den Schriftzug »Rock 'n' Roll« mit Filzstiften irgendwie außergewöhnlich zu gestalten, auf anderen steht »Klassik« mit doppelt durchgeschriebener Kugelschreiberschrift. In einer Ecke des Ladens stehen zwei vollkommen verschlissene Plattenspieler mit mangelhaft funktionierenden Kopfhörern für die

Kunden, und an der Kasse gibt es einen funktionierenden Plattenspieler mit großen Boxen für die Verkäufer, die den ganzen Tag Platten spielen, die nicht verkäuflich sind.‹«

»Ich kenne die Art von Läden«, sagte Rebecca schließlich. »Aber ich dachte, so was gibt es nicht mehr. Es hat doch kein Mensch mehr einen Plattenspieler, heute kauft sich ja schon niemand mehr einen CD-Spieler.«

»Das stimmt nicht«, entgegnete Boris, und er musste sich zurückhalten, nicht mit dem Zeigefinger vor ihr herumzufuchteln. »›Kein Mensch‹ stimmt nicht. Schallplattenunterhalter kaufen immer noch Schallplatten.«

»Sie meinen DJs?«, fragte Rebecca und betonte die englische Aussprache.

»Diskjockeys, Plattenreiter, für mich sind es immer noch Schallplattenunterhalter. Haben Sie schon mal einen ihrer *DJs*«, er ahmte ihre Aussprache nach, »mit einem Computer gesehen?«

»Nein, da haben Sie recht.«

»Ja, denn es ist keine gute Unterhaltung«, sagte er zufrieden. »Schallplattenunterhalter unterhalten mit Schallplatten. Das sieht am besten aus, klingt am besten, macht am meisten Spaß. Und darum wird es immer Plattenläden geben, richtige dunkle, miefige Plattenläden mit staubiger Luft und arroganten, rauchenden Verkäufern mit einem grauen Zopf, die nirgendwo sonst auf der Welt auch nur daran denken würden, irgendjemandem gegenüber arrogant aufzutreten, ohne Geld, ohne Freundin, ohne Aussehen, ohne eigene Wohnung, ohne Idee, was man im Leben machen könnte, aber hier, in diesem Plattenladen, wissen sie alles besser als jeder Kunde. Allein schon diese Verkäufer brauchen ihre Läden wie die Luft zum Atmen. Alle sagen, diese kugelförmigen Gläser sind falsch für Goldfische, aber immer noch besser, als japsend auf der Anrichte zu liegen, da können sie jeden Goldfisch fragen.«

Rebecca sah ihn an. Herrje, er war dabei, diese Frau in Grund und Boden zu schwatzen, dachte Boris. Er musste sich bremsen, sie war aber auch zu wunderbar. »Und was hat das Ganze nun mit Romananfängen zu tun?«, kam Rebecca an den Ausgangspunkt der Frage zurück.

»Was? Ach so, in jedem echten Plattenladen wird man das Gesamtwerk von Alan Parsons Project finden. Es gibt fast nie etwas von Velvet Underground und nur die schlechten Platten von Aretha Franklin. Aber Alan Parsons Project gibt es immer kistenweise.«

»Was ist das für Musik?«

»Das weiß niemand. Das ist ein Projekt aus der Zeit, als man noch Projekte machte. Die Platten verkauften sich gut damals, aber kaum einer hat je eine Platte von der Combo gehört, man findet sie in keiner Plattensammlung mehr, selbst wenn es eine Plattensammlung ist, in der es Phil Collins gibt. Die

Platten sind immer im Bestzustand, weil sie keiner je gehört hat. Mint, wie das in der Branche heißt.«

Boris atmete durch. Rebecca sah ihn mit hochgezogenen Augenbrauen amüsiert an.

»Und Romananfänge wären das Alan Parsons Project meiner Branche, wenn es meine Branche gäbe. Denn nichts wird uns so häufig angeboten wie Romananfänge, und mit nichts können wir weniger anfangen.« Boris seufzte und ließ sich erschöpft in seinen Stuhl zurückfallen. Was eigentlich wollte diese Frau von ihm wissen?

Für einen Augenblick kam das einzige Geräusch von der Kühlung der Festplatte seines Computers. Dann erhob Rebecca sich ruckartig von ihrem Stuhl. »Hören Sie zu, Boris Moser. Ich werde jetzt in den Computerladen gehen und dort den Verkäufern dabei zusehen, wie sie gegen ihr freches Grinsen ankämpfen, wenn sie mir die überhöhte Rechnung in die Hand drücken. Dabei ist es ein kleiner Preis, wenn ich mir dafür die Freiheit erkaufe, dass keiner dieser Computertypen bei mir zu Hause wohnt.«

Boris wollte etwas sagen. Aber Rebecca fuhr fort: »Ich sagte: Hören Sie zu, Boris Moser! Ich werde dann nach Hause gehen und etwas arbeiten. Aber ich würde auch sehr gern mal wieder bei Ihnen vorbeikommen. Voraussetzung dafür ist, dass wir dieses alberne Siezen ab sofort und zukünftig unterlassen.«

Boris brachte nur ein Nicken zustande.

»Gut«, sagte Rebecca und reichte ihm die Hand. »Rebecca.«

»Boris.«

Sie verließ den Laden, ohne sich umzudrehen. Die Sandelholznote ihres Parfüms blieb beinahe so lange im Raum, wie Boris versonnen den Abdruck des samtroten Lippenstiftes auf ihrer Kaffeetasse betrachtete.

Drittes Kapitel: **Hoffnungsvolle Anfänge**

Die nächsten Tage wollten nicht vergehen. Boris verließ den Laden so spät wie möglich, fand zu Hause ein paar Stunden unruhigen Schlafs und rannte morgens dann beinahe wieder zur Arbeit. Er blickte so oft auf die Uhr, dass er schon dagegen ankämpfte. Er nahm sich vor: In der nächsten Stunde werde ich höchstens viermal auf die Uhr schauen. Als er die vier Mal nach zwanzig Minuten aufgebraucht hatte, trat er in neue Verhandlungen mit sich ein: Na gut, in dieser Stunde werde ich einmal mehr auf die Uhr schauen, dafür in der nächsten Stunde nur dreimal. Es schien Boris fast, als würde die Zeit zusammen mit ihm warten, was besonders ärgerlich war. Denn wenn es einen bestimmten Zeitpunkt gab, zu dem Rebecca wieder in seinen Laden kommen würde, dann würde dieser Zeitpunkt dadurch, dass die Zeit mit ihm wartete, unnötig herausgezögert. Er schaute auf die Uhr. Immerhin hatten ihn diese unsinnigen Überlegungen zehn Minuten gekostet, stellte er zufrieden fest.

Boris kochte sich einen Kaffee und setzte sich wieder hinter seinen Schreibtisch. So konnte es auf keinen Fall weitergehen. Er empfand die Abwesenheit von Rebecca wie einen Schmerz, als ob sein Körper nicht mehr richtig funktionierte, als ob er sie brauchte wie ein lebenswichtiges Organ. Als müsste sie da sein, damit sein Kreislauf funktionierte. Boris fand sich selbst etwas melodramatisch, aber er konnte auch nichts an seinem Zustand ändern.

Schließlich, als es genau zehn Uhr war und er den dritten Kaffee getrunken hatte, als Boris sich also vollkommen sicher war, dass er vollständig wach war, weil er zu dieser Tageszeit niemals schlief und außerdem für seine Verhältnisse viel zu viel Kaffee getrunken hatte – als demnach auszuschließen war, dass er einschlafen würde –, entspannte Boris dieser Gedanke so außerordentlich, dass er beruhigt in seinem Stuhl einnickte, die Tasse noch in der Hand.

Der milde Duft von Sandelholz in seiner Nase ließ ihn erwachen. Rebecca saß im Besuchersessel und lächelte Boris so sehr an, dass es bei jeder anderen Person ein Grinsen gewesen wäre, aber diese Frau konnte nur lächeln, lachen oder strahlen. Zum Grinsen war sie einfach zu schön.

»Ich habe über dich nachgedacht«, sagte sie lächelnd.

Der gleiche Satz aus seinem Mund hätte eine erhebliche Untertreibung bedeutet. Aber wie hätte er das sagen sollen, ohne sie zu verschrecken oder irgendwie sonderbar zu wirken? Also sagte er nur: »Ja.«

»Und als ich über dich und deine Agentur nachgedacht habe«, fuhr Rebecca fort, »ist mir von irgendwo ein Gedanke zugelaufen, wie ein streunender Hund. Dieser Gedanke hat sich an mein Bein geschmiegt und war so überzeugend, dass ich ihn mit nach Hause genommen habe, und heute sind wir fast unzertrennlich.«

»Und, welcher Gedanke ist das?«, fragte Boris.

»Deine ganze Agentur, deine verworfenen Ideen, die Kloschüssel-Forschung, die Schimpfwörter-Studien und die Romananfänge – das sind alles ganz allein deine eigenen Ideen. So lautet der Gedanke.« Rebecca lehnte sich zurück und sah ihn fragend an.

»Und«, sagte Boris. »Wäre das ein guter oder ein schlechter Gedanke?«

»Naja«, überlegte sie. »Ich habe schon mehrfach festgestellt und werde nicht müde, auch weiterhin zu behaupten, dass du schräg bist. Und ich muss erneut zugeben: Das gefällt mir. Allerdings frage ich mich, ob das Maß an Schrägheit, das es erfordert, eine Agentur mit seinen eigenen verworfenen Ideen zu eröffnen, nicht das überschreitet, was ich noch gut finde. Andererseits, wenn mir da nicht dieser interessante kleine Gedanke zugelaufen wäre und ich nicht unbedingt hätte herausfinden wollen, ob er wahr oder falsch ist, wäre ich bestimmt nicht so schnell wieder hier gewesen. Ich wäre dann ein paar Wochen lang nicht gekommen, ein Umstand, der mir dann unangenehm genug gewesen wäre, dass ich im Falle eines Wiederkommens zu umständlichen Erklärungen genötigt gewesen wäre, sodass ich ein Wiederkommen wahrscheinlich gänzlich vermieden hätte, also kurz gesagt: Anderenfalls wäre ich bestimmt nicht wieder hergekommen.«

»Also ein guter Gedanke«, lächelte Boris.

»Das hast du gesagt.«

Er setzte sich etwas feierlich zurecht, als habe er etwas zu verkünden. »Es stimmt schon«, gab er zu. »Die meisten der Ideen stammen von mir. Im Wesentlichen stimmt es. Obwohl es auch nicht stimmt. Jeder Mensch ist schließlich so viele verschiedene Personen, und wenn ich in meiner Bürokleidung hinter dem Schreibtisch sitze, bin ich eine vollkommen andere Person als die, die morgens bei mir zu Hause im Bett liegt. Ich, also die Person hinter meinem Schreibtisch, habe fast nie Ideen. Aber unter der Dusche habe ich sehr viele.«

»Darüber habe ich auch schon nachgedacht«, sagte Rebecca. »Morgens fühle ich mich oft wie eine fluglahme Rohrdommel, die nur mit Mühe etwas krächzen kann. Dafür komme ich mir an sehr gelungenen Abenden wie eine unvergleichlich schöne Raubkatze vor. An den Tagen dazwischen fühle ich mich am ehesten wie irgendein Nutztier.«

»Ja, genau das meine ich«, stimmte Boris zu. »Ich

kann mir im jeweilgen Moment kaum vorstellen, woher diese andere Person kommt. Trotzdem hast du recht. Die meisten der Ideen sind von mir. Einige habe ich auch von anderen aufgeschnappt, mitgehört. Und das Wichtigste: Nicht alle Ideen sind verworfen. Schließlich sitzen wir hier in diesem tatsächlich existierenden Büro hinter meinem unzweifelhaft greifbaren Schreibtisch.«

»Aber wieso hast du das gemacht? Warum hast du überhaupt diese Agentur gegründet?«

»Weil ich es wirklich wollte«, sagte Boris. »Seit meiner Kindheit schreibe ich Ideen auf. Einmal habe ich eine Weile die Nennungen der Hauptstädte in der Zeitung meines Vaters notiert. Bonn führte vor Washington und Paris. Jeden Nachmittag setzte ich mich mit der Zeitung hin, zählte, wie oft welche Stadt erwähnt wurde, und übertrug es dann in meine Liste. Dann habe ich die Wetterberichte gesammelt, weil ich Meteorologe werden wollte. Ich habe jeden Tag den Wetterbericht ausgeschnitten, in mein Album geklebt und Notizen dazu gemacht. Was im Fernsehen dazu gesagt wurde, die Namen der Hochs und Tiefs, all das. Später habe ich selbst Prognosen daruntergeschrieben, und ich wurde sogar besser. So habe ich immer gesammelt, gesammelt und gesammelt. Irgendwann habe ich aufgehört, das Ganze in Hefte zu schreiben, weil Ordner besser zu verwalten sind. Nur wenn ich unterwegs bin, habe ich ein kleines Heft bei mir, meinen

›Ideensammler‹, wie ich ihn nenne. Ich schreibe wirklich alles auf.

Als meine Großmutter starb, und wir alle etwas Geld bekamen, plante ich sofort, diese Agentur aufzumachen. Die Idee hatte ich natürlich schon viel früher, ich könnte dir die Erstnotiz zeigen. Ich wusste sogar schon, in was für einem Laden ich die Agentur aufmachen wollte. Es musste der ehemalige Laden eines erfolgreichen Unternehmens sein, das kürzlich umgezogen ist. Ich glaube nämlich an verwunschene Immobilien.«

»Was meinst du mit verwunschenen Immobilien?«

»Ich glaube, dass es Ladenlokale gibt, in denen sich niemals ein erfolgreiches Geschäft ansiedeln kann. Zum Beispiel bei uns in der Straße: Da eröffnete in einem neu gebauten Haus ein Laden für Lederklamotten. Nicht die Art von Lederklamotten, die man auf der Straße anziehen kann, wenn du verstehst, was ich meine. Der Laden funktionierte überhaupt nicht. Er lag mitten in einem recht bürgerlichen Viertel, wo jeder jeden wenigstens vom Sehen kennt. Da ging niemand mal eben in einen Laden, wo eine Peitsche und eine geknebelte Puppe im Schaufenster liegen. Der Laden machte nach ein paar Monaten zu. Und spätestens seitdem ist der Raum verwunschen, vielleicht auch schon von Anfang an. In der Folge machten darin ein kubanisches Restaurant, ein Lampenladen und ein Anglerbedarf auf und wenig später wieder zu. Obwohl sich kaum noch jemand an den Lederladen erinnert, hat kein Geschäft mehr in dieser Immobilie funktioniert. Sie ist verwunschen.«

Rebecca nickte. »Stimmt, so einen Laden kenne ich auch. Die alte Gemüsehandlung bei mir um die Ecke. Ist eigentlich nicht einmal schlecht gelegen.«

»Nein, das muss auch nicht sein«, stimmte Boris ihr zu. »Bei dem ehemaligen Lederladen habe ich meine Theorie, aber eigentlich kann niemand sagen, warum Immobilien verwunschen sind. Natürlich gibt es hier bei meinen Ideen auch einen umfangreichen Vorgang zu diesem Thema. Wenn man herausfinden könnte, warum Immobilien verwunschen sind, dann könnte man eine Art Exorzismus-Service für Immobilien anbieten. Vielleicht gibt es immer eine Art Gegenmittel. Nach einem Lederladen ein paar Monate einen Blumenladen, in die alte Trinkhalle eine Zeit lang eine Spielzeughandlung oder, was weiß ich, eine Praxis für Physiotherapie einziehen lassen. Die Leute würden anfangs skeptisch sein, aber nach drei erfolgreichen Umwandlungen würden die Makler nur so bei mir Schlange stehen. Aber viel zu teuer«, winkte er ab. »Die Erforschung würde Millionen kosten, und man findet niemanden, der einem das finanziert. Ich jedenfalls habe natürlich von Anfang an einen Laden mit dem besonderen Zauber gesucht, und da kam mir dieser hier gerade recht. Die Firma ist innerhalb von ein paar Jahren irrsinnig erfolgreich geworden, musste sich vergrößern und ist umgezogen. Sogar die Miete ist nicht besonders hoch, weil man den Zauber der Immobilie nicht auf den Mietpreis schlagen kann.

Die äußeren Voraussetzungen stimmen also. Was meine Geschäftsidee betrifft, muss ich sehen. Meine Archive müssen sowieso irgendwo stehen. Wenn es nicht klappt, werde ich mir in zwei Monaten, wenn das Geld meiner Großmutter aufgebraucht ist, etwas überlegen müssen. Warum soll ich es also nicht versuchen? Unglaublichere Ideen als diese haben schon funktioniert. Der große Vorteil meiner Agentur besteht doch darin, dass ich den vollständigen Überblick über alle Ideen habe. Wenn jetzt irgendjemand mit einer verworfenen Idee hereinkäme, dann wüsste ich sofort, ob wir eine dazu passende Idee haben. Wir werden, das heißt: Ich werde sehen.«

Rebecca hatte ihren Mantel ausgezogen und über die Rückenlehne ihres Stuhls gelegt. Als ihr Boris eine Tasse Kaffee in die Hand drückte, nickte sie nur kurz. »Und was hast du gegen Romananfänge?«, fragte sie.

»Was meinst du?«

»Als ich das letzte Mal hier war, hast du gesagt, Romananfänge würdest du keine nehmen. Sie wären das Alan Parsons Project deiner Branche. Wenn es deine Branche gäbe. Das waren deine Worte.«

»Romananfänge brauche ich eben nicht«, sagte Boris. »Mir selbst fallen jeden Tag drei Romananfänge ein, und ich glaube, jedem, der es will, geht es genauso.«

»Warum wirst du dann nicht Schriftsteller?«

»Um Himmels Willen!«, winkte Boris ab. »Das wäre das Schlimmste! Als Schriftsteller ist man dazu verdammt, die Romane zu den Anfängen zu Ende zu schreiben. Was kann es Schlimmeres geben? Welche Anfänge wählt man aus, welche sind die falschen? Das kann man nicht vorher erkennen, und es kann einem passieren, man schreibt den Roman zu einem großartigen Anfang zu Ende und hat zum Schluss einen Riesenhaufen Schrott, weil vielleicht der scheinbar weniger interessante Anfang besser gewesen wäre. Doch dann sind die Jahre dahin, und Hunderte neuer Anfänge liegen parat. Und selbst wenn sich aus dem Anfang kein Schrott entwickelt hat, sondern ein grandioses Werk, dann findet man niemanden, der es drucken will. In den Verlagen lesen sie keine Manuskripte mehr, insbesondere keine grandiosen Werke. Dort stehen riesige Mülltonnen eigens für grandiose Werke. Aber selbst wenn es kein Schrott ist und selbst wenn es jemand drucken will, dann findet man niemanden, der es liest. Denn jeden Tag kommen Hunderte neuer Bücher heraus, und jedes würde gern gelesen werden. Aber es sind einfach nicht mehr genug Leute dazu da. Denn immer gibt es irgendjemanden, der über nackte Frauen geschrieben hat, und das wollen mehr Leute lesen. Sogar die, die über nackte Frauen schreiben, sind nicht glücklich, weil sie finden, dass alle Anerkennung, die sie erfahren, nicht genügt. Um Himmels Willen, ich will kein Schriftsteller sein!

Deshalb kann ich mit Romananfängen nichts anfangen. Und es wird auch niemals passieren, dass hier jemand hereinspaziert und nach einem Romananfang fragt. Denn wenn einem nicht einmal ein Anfang einfällt, wenn man nicht einmal von dieser schwächsten Form der Krankheit befallen ist, dann kann man auch nicht unter ihrer schlimmsten, nicht selten tödlich endenden Form leiden, nämlich dem Wunsch, ein Buch vollenden zu wollen. Insgesamt sind daher Romananfänge etwas vollkommen Nutzloses für mich und meine gesamte Branche. Ich könnte sie für fünfzig Cent pro Stück in Pappkisten vor den Laden stellen, niemand würde sie nehmen. Und wenn jemand einen klaut, wäre es nicht weiter tragisch.«

»Wie geht denn so ein Romananfang?«, fragte Rebecca.

»Wie meinst du das?«, wunderte sich Boris. »Hast du noch nie einen Roman gelesen?«

»Natürlich, aber das ist doch etwas anderes, als Hunderte von Romananfängen herumliegen zu haben.«

»Nein, ist es nicht. Junge liebt Mädchen, erst glücklich, dann unglücklich, dann Happy End. Oder umgekehrt. Es ist immer dasselbe. Das Mädchen sitzt im Zug und bemüht sich, durch die tränennassen Augen das Panorama ihrer Kindheit zu erkennen, der Junge fällt vom Dach und sieht nicht etwa die Scheunenwand, sondern seine Vergangenheit an sich vorüberziehen, der Hund des Mädchens erzählt oder wahlweise die Gewehrkugel, die den Kopf des Jungen in wenigen Sekundenbruchteilen durchbohren wird. Die Perspektive wechselt, die Farben verändern sich, aber es bleibt immer dasselbe. ›Er saß am offenen Fenster und roch, dass es bald Winter würde. Als er auf die Straße sah, merkte er, dass an diesem Tag die Schwerkraft besonders stark war und an seiner Kreatur zog.‹«

»Den Anfang finde ich gar nicht schlecht«, bemerkte Rebecca.

»Habe ich mir eben gerade ausgedacht.«

»Wie soll es weitergehen?«

»Das ist es ja gerade. Ich habe keine Ahnung. Ich kann mir jede Minute einen Anfang ausdenken, aber weiter komme ich nicht. Irgendein Russe hat mal gesagt: Wenn im ersten Akt ein Gewehr vorkommt, muss im zweiten Akt ein Schuss fallen. Aber wenn man keine zweiten Akte schreibt, gibt es das Problem mit dem Gewehr überhaupt nicht. Das ist es, was ich mache.«

»Du hast noch nie einen zweiten Akt geschrieben?«, fragte Rebecca. »Es gibt nicht mehr als ein paar markige erste Sätze?«

Boris kratzte sich nervös am Kopf und schaute sie an. »Schon, ein paarmal, also einmal habe ich auch mehr geschrieben.«

»Und was ist damit?«

»Ich weiß nicht.«

»Kannst du es mir zeigen?«

»Lieber nicht.«

»Na gut, Boris Moser«, sagte Rebecca. »Ich war in der Nähe deines Ladens und bin froh, vorbeigekommen zu sein und das geklärt zu haben. Jetzt muss ich ohnehin weiter. Viel Glück mit deiner Agentur und auf bald!« Sie wandte sich zum Gehen.

»Warte!«, rief Boris und es gelang ihm kaum, die Verzweiflung in seiner Stimme zu unterdrücken. Was sie wissen wollte, hatte sie herausgefunden, und wenn sie jetzt den Laden verließ, gäbe es für sie keinen Grund, noch einmal zurückzukommen. »Wenn du gern möchtest, zeige ich dir auch das Buch. Es ist nur so, dass ich es dir nicht gern zeige.«

»Warum nicht?«

»Weil es mir gefällt.«

»Und warum willst du es mir dann nicht zeigen?«

»Wenn ich es dir gebe, und dir gefällt es nicht, dann gefällt es mir auch nicht mehr. Entweder denke ich, dass du recht hast, oder ich denke, du hast Unrecht, aber dann ärgere mich über deine Meinung. Und diese Meinung und mein Ärger darüber verbinden sich für immer mit meinem Text.«

»Das heißt, weil dir der Text und ich gefallen, zeigst du ihn mir nicht«, folgerte Rebecca.

»Genau.«

»Und einen schlechten Text würdest du mir zeigen?«

»Sofort.«

»Du hast sie nicht mehr alle.«

»Dem kann ich natürlich nicht widersprechen«, gab Boris zu. »Aber ich bin überzeugt, dass ich nicht der Einzige bin. Ich glaube, dass ungeheuer viele beste Lieder, Texte und Bilder irgendwo in Kellern, Schränken und Schubladen liegen, weil der Künstler keine Lust hat, sie der öffentlichen Bewertung preiszugeben. Vielleicht sollte ich diese Idee mit in meine Kartei aufnehmen? Man könnte sich dann auf Wohnungsauflösungen für Künstler spezialisieren und dort überall nach verborgenen Kunstwerken suchen.«

»Aber wenn das alles Leute sind wie du«, warf Rebecca ein, »dann weiß vielleicht kein Mensch, dass es Künstler sind. Schließlich zeichnen sie sich dadurch aus, dass sie nichts veröffentlichen.«

»Da hast du wahrscheinlich recht. Aber die Idee ist ja noch nicht ausgereift, sonst würde sie nicht in meine Kartei gehören. Möglicherweise veröffentlichen diese Künstler auch ihre schlechteren Werke und halten nur das Beste zurück. In diesem Fall wäre die Firma natürlich eine Goldgrube.«

»Hör zu«, sagte Rebecca und beugte sich ganz

nah zu Boris über den Schreibtisch. »Wenn du mir jetzt nicht gleich die ganze Geschichte erzählst, dann drehe ich dir zuerst den Hals um und verlasse dann deinen schrägen Laden für immer. Niemand wird mich verdächtigen, wenn du hier irgendwann erdrosselt aufgefunden wirst.«

Viertes Kapitel: **Sophias Fall**

Die Sonne schien fast schon etwas zu hell zu scheinen an diesem Junimorgen. Die Vögel schwirrten und tirilierten wild und merkwürdig sinnlos durch die warme Luft, als müssten sie sich in diesem Licht besonders schnell bewegen, um nicht durch die Überladung ihrer Aggregate einen bleibenden Schaden davonzutragen. Der Asphalt hatte in der Nacht nicht einmal die gespeicherte Wärme des Vortags vollständig abstrahlen können. Die Stadt roch nach Sommer.

Genau an diesem Junimorgen fiel Sophia Roganski um. Einen Moment zuvor war sie noch bei vollem Bewusstsein die Straße entlanggelaufen, eine schöne Frau mit langen schwarzen Haaren, und nun lag sie auf dem Bürgersteig.

Richtige Panik kann sich an einem grauen Dezembermorgen ausbreiten oder an einem zu frühen Abend im späten März. Aber an diesem Morgen war es dafür einfach zu warm und zu sonnig. Die Welt roch und schmeckte zu gut, als dass jemand glauben konnte, dass etwas wirklich Schreckliches passiert war. Ein paar Leute aus einem nahe gelegenen Straßencafé erfassten aber schließlich doch, dass sie hier eben Zeugen des Sturzes einer jungen Frau geworden waren. Sie simulierten so etwas wie Aufspringen, was man jedoch bei kritischer Betrachtung und in Unkenntnis der Gegebenheiten eines sonnenüberfluteten Junimorgens auch als ein rechtes Hochquälen hätte bezeichnen können. Dann trabten sie zu Sophia Roganski hinüber.

Leider muss man vermuten, dass sie möglicherweise eine ganze Weile dort gelegen hätte, wäre sie nicht eine so außergewöhnlich schöne Frau gewesen. Für Wiederbelebungsversuche bei weniger attraktiven Personen griff man lieber auf die zurück, die dafür bezahlt wurden. Dabei hätte eigentlich gerade eine attraktive Person weniger Hilfe bedurft. Denn ihre Attraktivität resultierte aus Jugend, Gesundheit und Vitalität, und es hätte gereicht, auf professionelle Hilfe zu warten. Aber Gerechtigkeit gab es nicht auf dieser Welt.

Einer Frau wie Sophia Roganski half natürlich jeder gern. Männer hofften, eine Mund-zu-Mund-Beatmung bei ihr durchführen zu können, »Mund-zu-Mund-Beatmung« war das erste Wort gewesen, das ihnen beim Aufstehen aus ihren bequemen Kaffeehausstühlen eingefallen war. Ja im Grunde genommen war es allein dieses Wort, das sie überhaupt erst aus ihren Sesseln hochgebracht hatte, obwohl sie keine Ahnung hatten, was bei einer

Mund-zu-Mund-Beatmung zu tun war, und noch beim Aufstehen dachten sie darüber nach, wann man wohl aus- und wann man einatmen musste. In Wirklichkeit wollten sie nur ihre Lippen auf Sophia Roganskis Lippen legen, in der Hoffnung, dass es so gut ausgehen würde wie im Fernsehen oder doch zumindest nicht wesentlich schlechter. Männer hofften, ihren Körper berühren zu dürfen und durch ihre Kleidung die einladende Wärme ihrer Haut zu spüren. Sie hofften, diese schöne Frau riechen zu können.

Mindestens einer, der seine Hoffnung weiterspann, dass Sophia Roganski binnen Sekunden aufwachen würde, dass ein Lächeln ihr Gesicht zum Strahlen bringen und sie sich ihrem Retter bedingungslos anvertrauen würde, wie ein frisch geschlüpftes Graugans-Küken sich der ersten Mutterfigur anvertraut, deren es angesichtig wird. Groß war die Hoffnung dieses einen, dass sich sein Leben nun endlich verändern würde durch den Fall dieses Engels. Dass er endlich diesen lächerlichen Job in dieser merkwürdigen Agentur an den Nagel hängen würde. Denn bevor er dort angefangen hatte, war er doch ganz anders gewesen, ein normaler Mensch. Aber dieses ganze Anzug- und Laptop-Tragen und Dampfgeplauder mit mindestens 50 % Englisch- und 49 % Polyester-Anteil, dabei Zigaretten paffend und möglichst beiläufig die Espressopfütze aus der viel zu kleinen Tasse schleckend – all das hatte ihn verändert. Er wusste nicht einmal mehr, was ihm gefiel, wie er sich seine eigene Wohnung wünschte. Dazu hätte er die Kollegen fragen müssen, ob es *stylish* war. Er hieß Mark.

Dieser lächerliche Wettbewerb im Büro, wer am spätesten kam und wer am spätesten ging. Der Gewinner des Morgens traf frühestens zur Mittagsstunde ein, trug sein Gesicht wie von einem Urlaub sonnengebräunt zur Arbeit, warf seine sauteure Jacke betont achtlos über einen Stuhl und wartete auf die Nachfragen der Kollegen, um dann von einem in jeder Hinsicht unglaublichen Abenteuer zu erzählen, das er gerade erlebt hatte. Am späten Abend saßen dann alle endlos vor ihren Computern und taten so, als würden sie arbeiten. Jeder, der ging, wurde mit einer Miene verabschiedet, die Sehnsucht nach einem ebenso frühen Feierabend signalisierte, aber auch eine drückende Verantwortung für das Wohl der Firma. Wie Mark wusste, surften sie in Wirklichkeit bis zur Erschöpfung im Internet. Und der Letzte, der ging, hatte gewonnen.

Mark gab es nicht zu, nicht vor sich und schon gar nicht vor den anderen, aber er hasste dieses Spiel. Er war schon immer gern früh aufgestanden. Seine Eltern hatten ihm erzählt, dass er als Kind oft schon um sechs bei ihnen in der Schlafzimmertür gestanden und gefragt hatte, ob er früh aufstehen dürfe.

Abends hielt Mark selten lange durch, gern ging er spätestens um elf ins Bett. Wenn es nach ihm gegangen wäre, hätte er von sieben Uhr morgens bis zwei Uhr nachmittags gearbeitet. In der Zeit hätte er mindestens genauso viel geschafft wie jetzt und natürlich immer noch mehr als die drei Vorjahresgewinner des dämlichen »Später kommen, später gehen«-Wettbewerbs zusammen. Ihm machte die Arbeit Spaß, aber hätte er tatsächlich zwischen sieben und zwei gearbeitet, dann wären seine Tage in der Firma gezählt gewesen. Denn auf geheimnisvolle Weise schien die geleistete Arbeit nur einen geringen Anteil bei der Bewertung der Mitarbeiter auszumachen. Weitaus wichtiger schien die Kenntnis der fünfzehn schicksten Orte der Stadt zu sein, die richtige Kleidung oder die richtige Lebensart.

So stand Mark morgens auf, vertrödelte den Vormittag zu Hause und ging los, wenn endlich die Straßencafés öffneten, damit er dort noch ein wenig mehr Zeit vertrödeln konnte, bevor er sich im Büro blicken lassen durfte.

Und nun war Sophia Roganski vor seinen Augen umgefallen. Er würde seinen Job hinschmeißen und eine Bäckerei mit ihr eröffnen. Kein Heißluftstübchen, in dem gefrorene Brötchenimitate im Elektroofen aufgetaut wurden, nein, eine richtige Bäckerei, wo frühmorgens Teig geknetet und Brot im Steinofen gebacken wurde. Mark würde früh aufstehen und alles selbst backen. Dann würde er Sophia zärtlich wecken und gemeinsam würden sie knusprig frische Brötchen verkaufen und randvolle Porzellantassen mit Bohnenkaffee ausschenken. Und sie würden zusammen Möbel kaufen. Stühle, in denen man bequem sitzen konnte, und Schränke, in die schön viel hineinpasste. Mark würde in Sophias Augen blicken und wissen, ob die Möbel ihm gefielen. In die Augen dieser Frau, die eben auf den Bürgersteig gefallen war.

Doch nicht nur Mark und Männer wie Mark standen auf und liefen zu Sophia hin. Auch Frauen wollten helfen, wollten Sophia Roganski anfassen, dem Geheimnis ihrer Schönheit auf die Spur kommen, es vielleicht sogar verstehen. Hatten die Hoffnung, wer weiß?, in ihr die wirklich beste Freundin zu finden. Die Hoffnung, dass sich ihr Leben nun endlich verändern könnte durch den Fall dieses Engels. Dass sie nicht mehr Dutzende von Schuhläden und Boutiquen abklappern müsste in der ebenso indirekten wie aussichtslosen Suche nach einem Partner fürs Leben. Denn mit dieser schönen Freundin könnte sie noch an ihrem schlimmsten Haartag ungeschminkt in der am wenigsten angesagten Kneipe der Stadt sitzen, dort Bier trinken und Zwiebelschnitzel essen – und trotzdem könnte es passieren, dass sie genau in dieser Spelunke ihren Mann traf, denn Sophias Licht würde auf sie scheinen, und jeder Mann könnte auch ihre Schönheit und die vielen Freuden erkennen, die ein Leben mit ihr bot. Sie hieß Iris.

Sie sah es ganz genau vor sich: Endlich müsste sie nicht mehr in diese schrecklichen angesagten Läden gehen, wo es immer zu laut, immer zu teuer und meistens zu dunkel war. Wo man abgeklärt in der Ecke stehen und so blicken musste, als ob man sich langweilte – was immerhin für Iris persönlich meistens den Tatsachen entsprach. Überhaupt kam Iris die Suche nach einem Mann wie ein Überlebenskampf im Treibsand vor. Je heftiger sie sich bewegte, je mehr sie zu unternehmen versuchte, desto schneller schien sie zu versinken. Aber auch Stillstand konnte sie nicht ertragen, denn wenn ihr Konzept, das sie »aktives Warten« nannte, schon keine Erfolge brachte, was sollte dann erst bei einem »passiven Warten« herauskommen?

Es war nicht so, dass Iris keine Männer fand, Männer gab es überall. Und es war schon gar nicht so, dass Iris keinen Sex haben konnte. Sie war schließlich nicht vollkommen verblödet, und es war nun wirklich unkompliziert, einen Mann ins Bett zu bekommen. Man setzte sich spärlich bekleidet in irgendeine Ausschankstätte für Alkohol, wartete, bis man angesprochen wurde, und antwortete dann mit einem dümmlichen Lachen.

Iris' Problem war, dass sie ihren Mann so nicht fand.

Mit ihrer Arbeit als Geschäftsführerin eines kleinen Hotels, wo sie Szenen wie diese mehrmals in der Woche beobachten konnte, war sie ausgesprochen zufrieden. Als sie in der Lehre scheinbar endlos Zimmer sauber machen und Frühstücksgästen Kaffee hatte servieren müssen, hätte sie die Ausbildung am liebsten hingeschmissen. Auch hatte das Haus, in dem sie damals lernte, zu allem Überfluss *in einer landschaftlich reizvollen Gegend gelegen*, wie es in der Hotelbroschüre hieß. *Landschaftlich reizvolle Gegend* war die schönfärberische Bezeichnung für die ödeste Provinz gewesen. Iris hätte lieber in einer »pulsierenden Großstadt« oder wenigstens »am Rande der Metropole«, notfalls auch »in der pittoresken Kleinstadt« gearbeitet, aber sie hatte in der landschaftlich reizvollen Gegend festgesessen. Aber sie war dabeigeblieben, hatte einen sehr guten Abschluss gemacht, der ihre Eltern damit versöhnte, dass Iris nicht ihren Berufswünschen nachgekommen war – und schließlich hatte Iris die Stelle »im Herz der pulsierenden Großstadt« bekommen. Und weil sie die Arbeit gern machte, hatte ihr das ältere Besitzerpaar gern die Verantwortung überlassen.

Auch um die Wohnung, in der sie seit einer Weile wohnte, wurde sie allgemein beneidet. Nur ihren Mann hatte Iris noch nicht gefunden. Bei Vincent, dem ersten, der für diese Aufgabe vorgesehen war, hatte sie noch alles versucht. Iris hatte alles für Vincent organisieren müssen und war immer für ihn da gewesen, obwohl sie dabei wieder und wieder an ihre Grenzen gestoßen war. Als Vincent dann nach drei Jahren irgendeine Kolumbianerin getroffen hatte, verließ er Iris ohne weitere Umstände.

Auch bei den Männern nach Vincent war Iris aufgefallen, dass sie sich von Iris wünschten, ihnen das Leben zu organisieren. Wenn Iris irgendwann damit fertig war, hatten die Männer ihr geordnetes Leben genommen und waren damit in tiefer Dankbarkeit zur nächsten Frau weitergezogen, die ihnen das Leben wieder durcheinanderbringen konnte. Oder Iris hatte die Männer damit vertrieben, eigene Wünsche anzumelden und sich nach solch geradezu peinlichen Bedürfnissen wie Geborgenheit und Halt zu sehnen.

Anstatt schrittweise aufzugeben, hatte sie im Lauf der Jahre die Messlatte immer höher gelegt. Sie arbeitete jetzt schon so lange an diesem schwierigsten Projekt und entschied, es entweder zu einem perfekten Abschluss zu bringen oder daran zu scheitern. Für einen hübschen Handwerker wäre ihr Aufwand der letzten Jahre einfach zu hoch gewesen, sagte sich Iris. Es musste doch auch nette, gut aussehende Millionäre geben. Mit durchschnittlichen Habenichtsen hatte sie Erfahrungen gemacht, die nicht zu unterbieten waren. Einer – er hatte Marco oder Mario geheißen, der irgendetwas studierte und von seiner Mutter direkt in eine Wohngemeinschaft gezogen war, in der zwei Frauen alles für ihn erledigten – hatte ihr nach drei Wochen tatsächlich ins Gesicht gesagt, dass er sich mit ihr keine weitere Beziehung, aber weiterhin den regelmäßigen Sex vorstellen könne.

Und so ging Iris in den richtigen Klamotten in die richtigen Bars, in denen die Reichen und Schönen verkehrten. Aber mit den Männern, die eigentlich in Betracht kamen, war natürlich jedes Mal irgendetwas nicht in Ordnung, sonst wären sie nicht da gewesen, wo Iris hinging, um nach ihrem Mann zu suchen. Das einzig Positive an der erfolglosen Suche war die ständige Verbesserung ihrer Fähigkeit, in immer kürzerer Zeit die Makel der vermeintlich Makellosen zu erkennen. Iris konnte beinahe riechen, ob einer verheiratet, drogenabhängig, persönlichkeitsgestört, schwul oder alles gleichzeitig war.

In der Schule hatte sie in Biologie ein Experiment gemacht, das Iris als wichtige Lektion mit ins Leben nahm. Sie hatten einen Frosch in sechzig Grad warmes Wasser setzen wollen, aber der Frosch war sofort weggesprungen, weil ihm das Wasser zu heiß war. Dann hatten sie denselben Frosch in ein Glas lauwarmes Wasser gesetzt, einen Bunsenbrenner unter dem Glas entzündet, und das Tier hatte sich widerstandslos kochen lassen. Manchmal kam sich Iris vor wie dieser Frosch, unter dessen Glas das Leben tüchtig Feuer machte.

All diese Sorgen und Gedanken, so dachte Iris,

während sie den Arm der wunderschönen Frau auf dem Bürgersteig hielt, würde sie bei ihren täglichen Besuchen im Krankenhaus Sophia Roganski anvertrauen, die ihr zuhörte, während sie sich langsam erholte. Sie würden beste Freundinnen werden, und bald würde es Iris' Probleme gar nicht mehr geben. Später würde sie in einer bunten Kittelschürze zu Hause mit ihrem Mann und Sophia Essen kochen, sich mit brauner Soße bekleckern, laut loslachen und einfach albern sein. Und wenn sie ausgehen würde, vielleicht mit ihm, vielleicht mit ihr, vielleicht auch einfach allein, dann würde sie nur dahin gehen, wo es ihr gefiel und keinesfalls in ein Jagdrevier mit obskuren Hirschen. Iris würde so lange bleiben, wie es ihr gefiel und keine Sekunde länger. Denn sie würde ja auf jeden Fall zu ihrem Mann nach Hause gehen, alles andere war unwichtig.

Doch Sophia Roganski lag auf dem Trottoir und bewegte sich nicht. Sie sah nicht leidend aus, nicht krank, schien keine Schmerzen zu haben. Genau genommen sah sie aus, als würde sie schlafen.

Etwa vierzig Zentimeter über ihrem Schlüsselbein stießen Mark und Iris zusammen und blickten sich kurz in die Augen.

»Machen Sie Platz!«, herrschte sie der herbeigeeilte Rettungsarzt an. Überrascht sprangen sie beide zur Seite und sahen etwas verlegen zu, wie der Mediziner sich um die augenblicklich zur Patientin gewordene Sophia kümmerte.

»Können wir irgendetwas tun?«, fragte schließlich Mark.

»Nein«, sagte der Arzt nur kurz.

»Wohin werden Sie sie bringen?«

Der Arzt blickte kurz auf. »Sind Sie Angehöriger?«

»Nein, nicht direkt.«

»Dann kann ich Ihnen keinerlei Auskunft erteilen. Wenn Sie wollen, geben Sie mir Ihre Telefonnummer, die kann ich dann der Patientin geben, wenn es ihr besser geht.«

Mark und Iris reichten dem Mann ihre Karten und sahen einander an. »Wollen wir noch irgendwo einen Kaffee trinken gehen?«, fragte Mark.

»Sehr gern!«, sagte Iris mit einem sehr vorsichtigen Lächeln.

Auch für den Rettungsarzt war es natürlich wesentlich angenehmer, eine Frau wie Sophia Roganski auf diesem Bürgersteig anzutreffen. Ganz abgesehen von ästhetischen Fragen, machte ihr relativ geringes Alter fast alles einfacher. Sie war kräftig, hatte ein junges Herz, sie war körperlich stabil, und sie hatte funktionierende Venen, die noch nicht durch Verkalkung verhärtet waren und durch die man ihr Medikamente verabreichen konnte, sie hatte einen elastischen Hals, in den man ihr im Notfall problemlos einen Beatmungsschlauch einführen konnte, ohne auf ein loses Gebiss oder eine schlaffe Zunge achten zu müssen. Und schließlich: Wie ging es einem selbst damit, immer wieder Alte, Schwerkranke und Gebrechliche durch die Gegend zu tragen, die trotz aller Bemühungen den nächsten Tag nicht erleben würden? Entsprach es nicht vielmehr dem eigenen Traum, aus dem Auto zu springen, hektisch atmend mit schweren Koffern auf so eine schöne Frau zuzulaufen, die Umstehenden mit der professionellen Bestimmtheit einer Handbewegung in die Schranken zu weisen, den schweren Metallkoffer mit dem roten Kreuz etwas lauter als unbedingt notwendig auf dem Pflaster abzustellen, sich mit ernstem Gesicht neben die Patientin hinzuknien und dann zu zeigen, was man gelernt hatte?

Wenn er diese Frau hier retten könnte, dann wäre das vielleicht ein Zeichen, dass künftig alles besser werden würde. Die Möglichkeit, dass sich sein Leben nun endlich verändern könnte durch den Fall dieses Engels.

Erleichtert stellte der Arzt fest, dass alle Kreislaufparameter vollkommen stabil, die Luftwege frei, die Pupillen normal waren und eigentlich alles Messbare in Ordnung schien. Er dachte darüber nach, dass in der umgekehrten Situation, wenn also er selbst auf dem Bürgersteig liegen würde und diese Frau sich mit einem Stethoskop über ihn beugen würde, der Befund vermutlich um einiges schlechter ausfallen würde. Durch die vielen

Dienste schlief er zu wenig, aß zu unregelmäßig und hatte keine Zeit für ein bisschen körperliche Ertüchtigung. Er ging nicht nur nicht mehr regelmäßig in die Schwimmhalle, in Wahrheit ging er selten mehr als ein paar Schritte zu Fuß.

Er hieß Sebastian.

Fünftes Kapitel: **Eine Station**

Nachdem den ganzen Tag über ein heftiger Sturm um das Bett von Sophia Roganski getobt hatte, stand es nun verlassen in der Mitte eines in schwaches Neonlicht getauchten, türlosen Zimmers der Intensivstation vier. Sophia Roganski war an ein paar Geräte angeschlossen, die gleichmäßig und unspektakulär vor sich hin piepten. Ihr war viel Blut abgenommen worden, sie war von einer Untersuchung zur anderen gefahren worden, mehrere Ärzte hatten sie mit ernsten Mienen untersucht und waren dann kopfschüttelnd wieder verschwunden. Sophia dagegen hatte den ganzen Tag ruhig atmend dagelegen, und dieser Zustand hielt bis in die Nacht hinein an.

Am Fußende ihres Betts saß Sebastian. Er hatte sich einen Stuhl herangezogen, mit seinen Ellbogen stützte er sich auf das Stahlrohr am Fußende ihres Betts. Der Kopf ruhte in seinen Händen, während er sie ansah. Er liebte die Ruhe und Klarheit dieser frühen Stunden der Nacht. Er hätte nicht einmal sagen können, warum, aber es beruhigte ihn ungemein, dort zu sitzen.

Wenn er herausfinden könnte, was dieser Patientin hier in der Sieben fehlte, wäre das ein großer Erfolg für Sebastian. Alle wollten es herausfinden, niemand wusste mehr weiter. Vielleicht würde es ihm helfen, einfach so dazusitzen, sie anzusehen und nachzudenken.

Jeden Tag dachte er daran, dass es so nicht weitergehen könnte. Wie oft hatte er schon beschlossen, einfach aufzustehen und loszugehen, raus, nie mehr wiederzukommen. Aber er saß nur da und hörte auf ein monotones, vage schmerzhaftes Geräusch in seinem Inneren. Er dachte daran, dass er es nie geschafft hatte, seinen Freunden zu erklären, was ein Nachtdienst wirklich bedeutete. Vor über neunzehn Stunden war Sebastian in seinem Bett aufgewacht. Er spürte ein Lächeln bei der Erinnerung an sein Bett. Der Geruch, die wohlvertraute, feste Nachgiebigkeit seiner Matratze und die freundlich fließende Bettdecke. Die viel zu seltenen, immer zu kurzen Male, wenn er in seinem Bett schlafen konnte, fühlte er sich umarmt. Selbst in das viel zu weiche, viel zu kurze, nach Krankenhaushygiene riechende Dienstbett mit der rauen Leinenbettwäsche wäre er jetzt gern gestiegen, nur kurz den Kopf irgendwo ablegen, in dem dieses merkwürdige monotone Geräusch immer lauter wurde und von dort durch seinen ganzen Körper hallte.

Neunzehn Stunden. Mit etwas Glück würden es insgesamt nur sechsundzwanzig werden, wenn er den Dienst schnell übergeben und nach Hause fahren konnte. Wenn er Pech hatte, war morgen einer der überambitionierten Tage seines Chefarztes, an denen der Alte alles infrage stellte. An denen er schlecht gelaunt über die Station lief. Dann paradierte er durch die Gänge, brüllte blindlings alle zusammen und ließ an nichts und niemandem ein gutes Haar. An solchen Tagen wurden alle Therapien umgestellt, kranke Patienten ohne Vorankündigung entlassen oder junge kräftige Männer, die nur zur Beobachtung und, wenn man ehrlich war, vor allem zur Bettenbelegung hier waren, plötzlich zu Schwerkranken erklärt.

In der Rettungsstelle hatte man ihnen gesagt: »Ich will Sie nicht beunruhigen, aber das könnte, ich sage nur: könnte natürlich auch ein Herzinfarkt sein. Wir werden das besser beobachten.« Und dann lief man mit dem ängstlichen jungen Mann auf die Intensivstation, und die Schwestern freuten sich, denn sonst gingen die wenigsten Patienten zu Fuß auf die Intensivstation. Wenn aber Altmark seine Tage hatte, dann waren diese Männer plötzlich todkrank. Dann musste man diesen Männern literweise Blut abzapfen und sinnlose Untersuchungen organisieren. Andere Patienten dagegen, bei denen die einzige erkennbare Regung ihres Körpers von der Atemmaschine verursacht wurde, wurden schlagartig kerngesund. »Wo haben Sie denn Ihre Ausbildung gemacht, Herr Kollege?«, fragte der Alte dann. »Die Sättigung sieht doch hervorragend aus.« »Herr Kollege« oder »Frau Kollegin« nannte er ausnahmslos alle Ärzte, weil er sich die Namen auch nach Jahren nicht merken konnte. Bis zum Abend hatten sie dann stillschweigend all diese Maßnahmen wieder rückgängig gemacht, nachdem viele der Schwerkranken knapp dem Tod entronnen waren.

Mit ein wenig Pech konnten es spielend dreißig Stunden werden, die Sebastian von seinem Bett getrennt bliebe. Dann konnte es passieren, dass der Chef tatsächlich über die Oberkanten der Türen fuhr, mit gespieltem Ekel auf seinen Finger schaute und sagte: »Warum muss ich das entdecken? Immer ich.« Wenn Sebastian dann auf den Reinigungsdienst verwies, brüllte der Alte jedes Mal los: »Ich denke, Sie sind hier der Stationsarzt, Herr Kollege. Sie sind hier für alles verantwortlich. Alles.« Dann warf er einen Blick in die Runde: »Alle sind hier für alles verantwortlich.« Manche der Schwestern konnte er mit diesem Unsinn beeindrucken, sie machten sich Notizen in ihre Notizbücher. Sebastian ließ das Ganze mittlerweile vollkommen kalt. Einmal hatte er versucht darauf hinzuweisen, dass er einen Nachtdienst hinter sich hatte. Gefolgt waren langatmige Märchen, in denen Altmark sein Leben verklärte: »Als ich junger Oberarzt war, hatte ich praktisch jede Nacht Dienst und habe nebenbei noch meinen Professor gemacht.«

Obwohl sein Gesicht zu müde für eine Regung war, spürte er bei diesen Gedanken das vertraute Gefühl von Wut in sich aufsteigen. Es gab Tage, da konnte sich Sebastian nur mit sehr konkret ausgestalteten Mordphantasien über Wasser halten. Dann war das Einzige, das zwischen ihm und einem wie auch immer gearteten Anfall von Schwäche stand, der tröstliche Gedanke daran, wie Altmarks Körper immer matter zuckte, während sein Kopf unter Wasser Sebastians Hand einem Fisch gleich zu entkommen versuchte.

Neunzehn Stunden. Hätte ihm jemand den Stuhl weggezogen, Sebastian wäre wohl einfach in sich zusammengesunken. Spannungslos auf den Boden gesackt, unfähig sich aufzurichten, als stellte der Stuhl gewissermaßen ein anatomisch notwendiges Teil seines Körpers dar. Sein Kopf hing nach vorn. Durch den kratzigen blauen Baumwollstoff seiner Dienstkleidung roch er den alten Schweiß des langen Tages. Erschöpft legte er sich Formulierungen zurecht, wie er diesen Horrordienst morgen früh seinen Kollegen beim gemeinsamen Frühstück so grauenvoll wie möglich darstellen könnte.

»Und dann, als ich gerade dachte, ich kann schlafen, bin ich noch einmal zu der Neuaufnahme. Ihr wisst schon, die junge Frau, bewusstlos auf der Straße zusammengebrochen, alles Weitere unklar. Ihr könnte euch vorstellen: jede Menge Untersuchungen, hole um die Uhrzeit mal noch einen

Radiologen aus dem Bett. Es war der Horror.« Seine Kollegen würden ihn mitleidig ansehen, nicht weil sie wirklich Anteil nahmen, sondern weil sie erwarteten, nach ihren Nachtdiensten genauso angesehen zu werden. Es war schon merkwürdig, wie wenig man dazu in der Lage war, fremdes Leid nachzuvollziehen oder gar zu teilen.

Obwohl Sebastian das bewusst war und obwohl er viele der Kollegen nicht einmal leiden konnte, würde er ihnen in ein paar Stunden seine Geschichte genau so erzählen. Wahrscheinlich weil es die einzig akzeptierte Art war, davon zu erzählen: Die vom erschöpften, aber unerschrockenen Helden inmitten einer Horrorgeschichte. Die Wahrheit konnte keine Geschichte berichten, denn jede Erzählung musste unzählige Details weglassen, betonte die Sichtweise des Erzählers, verdichtete. Schon mit seinem Nachdenken über den morgigen Bericht begann die Fiktion.

»Jedenfalls Tausende von Laborwerten, Ultraschall, Computertomogramm, wir haben sogar einen Schwangerschaftstest gemacht – alles nichts«, dachte Sebastian müde, so oder ähnlich würde er in ein paar Stunden am Frühstückstisch erzählen.

»Nichts?«, fragte ihn plötzlich eine Frauenstimme. »Alles nichts?«

Sebastian schreckte hoch und schaute sich im Zimmer um. Es war niemand zu sehen. Um bei Problemen schneller reagieren und die Patienten besser beobachten zu können, waren dort, wo sich der Eingang zu den Zimmern befand, weder Türen noch Türrahmen eingebaut, denn hier auf der Intensivstation ging es oft um Schnelligkeit. Obwohl er also gute Sicht hatte, ging Sebastian leise die wenigen Schritte zum Eingang des Zimmers und schaute in den Flur. Eine Nachtschwester saß apathisch hinter dem Stationstresen und starrte auf die Monitore. Ihre Stimme konnte es nicht gewesen sein, und auch an einen Kollegenscherz war nicht zu denken. Dafür wäre zwei Uhr morgens die falsche Zeit und die Intensivstation der falsche Ort. Und doch hatte er diese Stimme gehört, wie direkt in sein Ohr geflüstert.

Sebastian ging zurück ins Zimmer und überprüfte die Monitore. Alles in Ordnung. Schon während des Studiums hatte er Angst gehabt vor den psychisch Kranken, die sich freiwillig von den Studenten befragen ließen und von ihren Wahnsymptomen berichteten. Wenn diese Patienten mit dem Psychiater in den Seminarraum kamen, sahen sie ganz normal aus. Sie erzählten dann, dass Jesus aus dem Radio zu ihnen spräche und ihnen geheime Aufträge erteile. Es war Sebastian so vorgekommen, als wären diese Menschen versehentlich zu Figuren in grauenvollen Romanen geworden, in deren Handlung sie nun gefangen waren.

Es war der Ernst ihrer Schilderungen, die fanatische Überzeugung von der Wahrhaftigkeit ihrer unglaublichen Berichte, die Sebastian Angst gemacht hatten. Und natürlich der Umstand, dass diese Wahnsysteme in sich vollkommen geschlossen und intakt waren. Gefangen in einem solchen System konnte einen niemand von dessen Unwirklichkeit überzeugen, denn alle anderen waren ja nicht normal. Das Problem bestand nur darin, dass alle anderen nicht in der Psychiatrie waren.

Dieser wahnhafte Zustand setzte unvermittelt und ohne erkennbare äußere Veränderung ein, und meist hielt er eine sehr lange Zeit an, war ihnen erklärt worden, bis man langsam wieder fast so wurde, wie man vorher gewesen war. Sebastian fürchtete sich seither immer davor, selbst verrückt zu werden.

Er hatte schon einmal, vor ein paar Jahren, eine Stimme gehört, beim Einschlafen. Es war nur ein geflüstertes Wort, merkwürdigerweise »Vogesen«, das er kurz vor dem Einschlafen vernommen hatte. Er war damals sofort aus dem Halbschlaf geschreckt und hatte angespannt gelauscht, ob er noch mehr Wörter hören würde. Damals hatte er nicht mehr einschlafen können, all seine Ängste aus der Studienzeit waren wieder wach geworden. Am nächsten Tag hatte er die Symptome in der Krankenhausbibliothek nachgeschlagen, möglichst unauffällig, denn keiner seiner Kollegen sollte ihn mit einem Psychiatriebuch in der Hand sehen. Darin hatte er zu seiner Erleichterung entdeckt, dass Halluzinationen kurz vor dem Einschlafen nicht ungewöhnlich und schon gar nicht krankheitswertig waren.

Aber diese Stimme, die er eben in Sophia Roganskis Krankenzimmer gehört hatte, war vollkommen anders. »Vogesen« war nur ein einzelnes Wort gewesen, und Sebastian hatte damals sofort gewusst, dass er es nicht mit seinen Ohren gehört hatte, sondern dass es irgendetwas in seinem Kopf war. Die Stimme eben gerade, die hatte er *gehört*. Es war eine Frauenstimme gewesen, keine ihm bekannte Frauenstimme, die in jedem Fall nicht unangenehm klingende Stimme einer Frau. Und was die Stimme gesagt hatte, bezog sich klar auf das, was Sebastian glaubte, kurz zuvor gedacht zu haben.

»Ich wollte Sie nicht erschrecken«, sagte die Stimme auf einmal.

Erneut drehte sich Sebastian erschrocken um. Er war noch immer allein. »Wer bist du?«, dachte Sebastian und: »Ich werde verrückt. Scheiße!«

»Sie werden nicht verrückt«, sagte die Stimme. »Sie sitzen mir doch gegenüber.«

»Aber Sie liegen im Koma«, antwortete er und dachte: »Scheiße, ich rede mit dieser Stimme. Scheiße!«

Sebastian nahm seine Arbeit ernst und bemühte sich um jeden Patienten. Und solange es einen Puls, einen Blutdruck und ein nachweisbares Hirnstrombild gab, war ein Patient für ihn nicht tot. Aber diesen ganzen Kuschelkram darüber, dass man mit den

Komapatienten sprechen, ihnen Musik vorspielen sollte, das hielt er doch für ausgemachten Unsinn. Seiner Meinung nach äußerte sich darin eher der Wunsch der Schwestern und der Angehörigen nach einem sinnhaften Tun. Es wäre für das Pflegepersonal unerträglich gewesen, für einen gefühllosen Klotz täglich die Bettwäsche zu wechseln, die Medikamente zu stellen, die Geräte zu überprüfen. Und auch die Angehörigen hätten den Gedanken nicht ertragen können, dass es letztendlich egal war, ob sie den Patienten besuchten oder nicht. Also sahen sie Zeichen, behaupteten Veränderungen, sprachen von Kommunikation. Sebastian kontrollierte die Blutwerte, die Funktion der Organe. Wenn sich nach einer Weile der Zustand des Patienten besserte, waren beide Seiten davon überzeugt, dass ihr Beitrag der eigentlich entscheidende gewesen war.

Doch nun hatte er den Eindruck, dass die Patientin Roganski, Sophia, Bett sieben mit ihm sprach, obwohl sie nachweislich nicht bei Bewusstsein war.

»Nun stellen Sie sich nicht so an«, sagte Sophia. »Wir sind doch ganz allein hier im Zimmer.«

»Was wollen Sie von mir?«, fragte Sebastian leise und blickte immer wieder zur Tür, ob sich nicht doch einer der Kollegen einen schlechten Scherz erlaubte.

»Ich will mich mit Ihnen unterhalten, ist das nicht offensichtlich?«

»Aber warum? Ich arbeite hier schon seit zehn

Jahren, und noch nie wollte sich einer meiner Patienten mit mir unterhalten.«

»Ist das nicht ein schlechtes Zeichen?«

»Nicht unbedingt«, meinte Sebastian. »Schließlich ist das eine Intensivstation. Die Angehörigen wollen immerzu reden, aber die Patienten haben meist gar nicht die Möglichkeit, irgendetwas zu sagen. Sie sind intubiert oder bewusstlos, so wie Sie.« Er hielt inne und betrachtete den Frauenkörper, der außer einem rhythmischen Auf und Ab des Brustkorbs, das durch das Beatmungsgerät ausgelöst wurde, regungslos vor ihm im Bett lag. Wie sollte man den Zustand dieser Patientin sonst nennen, wenn nicht bewusstlos?

»Ich konnte das schon immer«, sagte Sophia.

»Was?«

»Ich konnte schon immer wahrnehmen, was andere Menschen denken. Die Leute nennen es ›Gedankenlesen‹, aber es geht um viel mehr. Gedanken sind nicht einfach ein Manuskript, das Zeile für Zeile irgendwo gelesen oder auf der großen Bühne des Gehirns gespielt wird. Es ist mehr wie eine Landschaft. Es gibt Hörgedanken und Sprechgedanken, es gibt Fühlgedanken und Wissensgedanken, es gibt Bewegungsgedanken, und es gibt sogar Manuskriptgedanken über ein Stück, das wir anderen über uns vorspielen wollen. Aber ich konnte schon immer alles davon wahrnehmen.«

»Wie machen Sie das?«

»Das kann ich Ihnen nicht sagen. Als Kind habe ich manchmal anderen davon erzählt. Die anderen Kinder haben mich natürlich auch gefragt: ›Wie machst du das?‹ Aber ich konnte es damals nicht sagen und auch heute nicht. Können Sie mir sagen, wie Sie riechen? Können Sie mir sagen, wie Sie Geruchsempfindungen wahrnehmen?«

»Mit den Geruchsnerven.«

»Ja, das weiß ich schon. Aber können sie mir sagen, *wie* Sie das anstellen, wie Sie mit ihren Geruchsnerven riechen?«

»Nein«, gab Sebastian zu.

»Und so müssen Sie sich das auch bei mir vorstellen. Ich kann es, aber erklären kann ich es nicht.«

»Und können Sie mir auch sagen, warum Sie hier liegen?«, fragte er.

»Irgendwie schon«, antwortete sie. »Sehen Sie, es ist sehr anstrengend, so zu leben. Ich weiß, was die Menschen wollen. Ich weiß, wer gerade ein Kind verloren hat und wer verliebt ist. Ich weiß, wann andere ein Lächeln brauchen, ich weiß, wann sie ein Schweigen brauchen. Und warum sollte ich es ihnen verweigern? Jeder Mensch verhält sich immer irgendwie, und ich weiß zufällig, wie ich mich verhalten sollte, damit es für andere genau richtig ist. Es kostet mich zunächst nichts. Also lächele oder schweige ich. Ich kann nicht anders. Im Übrigen hält man mich deswegen auch für schön. Dabei bin ich das vielleicht gar nicht. Aber ich sehe immer so aus, wie sich die Leute das wünschen. ›Schönheit liegt im Auge des Betrachters.‹ Deswegen bin ich eine unglaubliche Schönheit.«

»Das verstehe ich nicht ganz, glaube ich.«

»Kennen Sie ungeschminkte Fotos oder Kindheitsfotos von den schönsten Schauspielerinnen oder Fotomodellen? Meist sind es gut gewachsene, aber unscheinbare Personen. Und mit Schminke, Frisur und Kleidung werden mit ihnen unsere Vorstellungen von Schönheit wahr. Wenn sich die Mode ändert, ändern wir auch unsere Vorstellung. Haben sie sich nicht auch schon gefragt, wo die ganzen Frauen aus den dreißiger Jahren heute sind? Sehen sie nicht vollkommen anders aus mit ihren Kappen und Frisuren? Im Grunde sind es dieselben Frauen, sie sind Leinwände, auf die wir unsere Phantasien projizieren. Wir wollen nicht so sein, wie sie sind, sondern wir wollen so sein, wie sie aussehen. Daher kommt auch die Enttäuschung, wenn wir diesen Menschen in der Realität beggenen und erkennen, dass sie möglicherweise dumm oder ordinär sind. Denn das waren sie in unserer Phantasie von Perfektion nicht. Wir fühlen uns von ihnen verraten.«

»Und was hat das alles mit dem Gedankenlesen zu tun? Was hat das alles mit Ihnen zu tun?« Sebastian blieb skeptisch.

»Ich bin das wahre Supermodel. Ich bin die wandelnde, blütenweiße Leinwand in Menschengestalt. Ich halte jeder Prüfung stand. Jeder, der mich kennt, hat mit mir ein wichtiges Gespräch geführt. Sie kennen diese Art von wichtigen Gesprächen: Einer führt das wichtige Gespräch, redet immerfort, und der andere hört zu. Niemand hat jemals eine tollere Begegnung mit einem Menschen gehabt als mit mir, weil jeder in mir seiner Phantasie begegnet.«

»Ich habe früher manchmal davon geträumt, mir selbst zu begegnen«, sagte Sebastian. »Aber ich fürchtete immer, dass ich mich nicht besonders gut mit mir selbst verstehen würde.«

»Nein, nein«, unterbrach ihn Sophia. »Die Menschen begegnen sich nicht selbst in mir. Sie begegnen ihrer Phantasie von einer Begegnung. Sie treffen den Menschen, der genau die richtigen Fragen stellt und überhaupt genau das tut, was er tun soll.«

»Wie soll das gehen?«

»Ich habe es doch schon gesagt: Ich kann es sehen. Ich weiß, was sie hören wollen, was ich sagen soll.«

»Das muss wahnsinnig anstrengend sein?«

»Ja, sehr! Ich komme kaum unbehelligt über die Straße, jeder Gemüsehändler möchte mir seine Lebensgeschichte erzählen. Die Menschen wollen mich haben, besitzen. Männer und Frauen, es ist vollkommen gleichgültig. Auf seine Weise will mich jeder besitzen, will seine Phantasie nicht wieder hergeben, will mit mir verschmelzen.«

»Warum lassen Sie es nicht einfach? Warum hören Sie nicht auf, sich so zu benehmen, wie man es von ihnen erwartet?«, fragte Sebastian. Die Lösung schien so einfach.

»Weil ich es nicht kann«, gab Sophia zu. »Ich habe es einfach nicht gelernt. Wenn ich sehe, was jemand braucht, dann gebe ich es ihm. Aber dann hört es niemals auf. Erst brauchen sie nur ein bisschen Aufmerksamkeit, dann ein Lächeln, dann freundliche Worte und so weiter. Je mehr ich gebe, desto mehr wollen die Menschen von mir haben, und zum Schluss wollen sie mich. Manchmal komme ich mir vor wie eine Droge. Und es ist auch schlimmer geworden in letzter Zeit. Als ich noch ein Kind war, hielt man mich einfach nur für goldig, ich bekam Spielzeug geschenkt oder Süßigkeiten. Aber so habe ich nie gelernt, mich anders zu verhalten. Dass die Leute mich vollkommen besitzen wollten, das kam erst später dazu. Ich glaube, da war es schon zu spät. Glauben Sie mir, es ist nicht erstrebenswert, eine goldige Erwachsene zu sein.«

»Und warum sagen Sie den Leuten nicht einfach Ihre Meinung?«

»Ich habe lange darüber nachgedacht und fürchte, dass ich keine eigene Meinung habe«, sagte Sophia. »Ich kann alle Menschen verstehen, im wahrsten Sinne des Wortes. Alle haben vollkommen unterschiedliche Meinungen, aber jeder hat für sich genommen recht, ich kann jede Meinung nachvollziehen, schließlich denke ich so wie sie. Deshalb hat sich für mich nie ein eigenes Bild ergeben. Und wenn ich endlich nach Hause komme, dann bin ich froh, keine Meinung mehr haben zu müssen. Ich war immer damit beschäftigt, die vielen Meinungen aus mir herauszubekommen.«

Sebastian dachte über ihre Worte nach. Dies war die unwirklichste Nacht seines Leben. Wenn diese bewusstlose Frau tatsächlich gerade mit ihm sprach, war die Tatsache, dass sie mit ihm redete, vollkommen belanglos verglichen mit dem, *was* diese Frau ihm erzählte. »Das muss sehr schwierig sein«, sagte er schließlich einigermaßen hilflos. »Und jetzt liegen Sie hier.«

»Ja«, hauchte Sophia. »Und es ist meine eigene Entscheidung. Ich schlafe jetzt, und ich habe vor, noch sehr lange zu schlafen. Es ist meine einzige Chance.«

»Und was ist mit mir?«, fragte er.

»Was soll mit Ihnen sein? Ich bin Ihnen nicht mehr und nicht weniger verpflichtet als irgendjemand anderem.«

»Nein«, beruhigte Sebastian sie. »Ich meine etwas anderes. Warum haben Sie mich vorhin angesprochen, wenn Sie doch schlafen möchten?«

»Weil Sie nichts wollten. Sie sind der erste Mensch, den ich seit Langem treffe – ich glaube, Sie sind überhaupt der erste und einzige Mensch –, der nichts von mir will. Sie haben einfach bloß dagesessen und über sich nachgedacht. Das habe ich noch nie zuvor erlebt. Ich musste Sie ansprechen.«

»Das muss der Nachtdienst sein«, überlegte Sebastian laut. »Normalerweise hätte ich bestimmt auch irgendetwas von ihnen gewollt. Aber im Moment bin ich gleichzeitig zu müde und zu wach.«

»Das ist gut«, sagte Sophia. »Mir gefällt das.«

»Was machen Sie eigentlich beruflich?«, fragte Sebastian. »Setzen Sie da Ihre besonderen Fähigkeiten auch ein?«

»Ich war eine Art Sekretärin.«

»Aber Sie sind es nicht mehr?«

»Nein, ich habe aufgehört. Ich habe es dort nicht mehr ausgehalten.«

»Gab es zu viel zu tun?«

»Nein«, sagte Sophia. »Ich habe die Situation dort nicht mehr ausgehalten. Ich war Privatsekretärin für einen Maulwurf. So hat er sich sogar selbst genannt: einen alten, blinden Maulwurf. Er war erst im Alter blind geworden, wohl aufgrund von Schlaganfällen, so genau kann ich das nicht sagen, und er selbst hat nie genauer darüber gesprochen.«

»Was hat der Maulwurf gemacht?«, fragte Sebastian.

»Er war Schriftsteller. ›Ein absurd alter, beeindruckend bedeutungsloser und ärgerlicherweise vollkommen blinder Schriftsteller, dessen einziger Zeitvertreib seine schlechte Laune ist.‹ Das waren seine Worte, als ich das erste Mal bei ihm war. Dabei stimmte das nur zum Teil. Er war alt, blind und schlecht gelaunt, aber jeder kennt seine Bücher, und oben bei mir im ersten Stock lag ein ganzer Schrank voll mit seinen Preisen. Sein Sohn hatte das Inserat aufgegeben und mich dann eingestellt. Ich sollte ihm bei der Arbeit an seinem nächsten Buch helfen und dabei zusehen, wie er gegen Tische und Wände lief.«

»Wie meinen Sie das mit den Tischen und Wänden?«

»Er wollte nicht, dass ich ihm dabei half, sich durch das Haus zu bewegen. Das war gegen seine Würde, fand er. Der Maulwurf behauptete immer, weil er so spät erblindet sei, könne er die verlorene Fähigkeit des Sehens nicht mehr durch die Verbesserung anderer Sinne kompensieren. Ich glaube aber, es bereitete ihm auch eine Art Freude, wenn er überall anstieß und sich dabei wehtat. Durch den Schmerz konnte er sich spüren.«

»Warum sagen Sie nur, das glauben Sie?«, erkundigte sich Sebastian. »Sie können doch Gedanken lesen.«

»Nein«, antwortete Sophia. »Die Gedanken vom Maulwurf konnte ich nicht sehen. Ich denke, es hatte mit seiner Blindheit zu tun. Es war vor allem diese Ruhe, die mir an dieser Arbeit so gefiel. Nur wenn sein Sohn gelegentlich vorbeikam, um Einkäufe vorbeizubringen und nach dem Rechten zu sehen, war diese Ruhe gestört. Aber sonst war es herrlich. Ich wohnte in einem Zimmer im ersten Stock seines Hauses, aber eigentlich hatte ich die ganze erste Etage für mich, denn er selbst kam nie die Treppe hoch. Darum hatte er sich im ehemaligen Gästezimmer hinter der Küche eingerichtet, dort gab es auch ein kleines Bad. Wenn er wirklich mal etwas von oben brauchte, bat er mich, es ihm zu holen. Aus meinem Fenster blickte man auf einen kleinen See direkt vor dem Haus. Es war sehr ruhig dort, bestimmt die ruhigste Zeit in meinem Leben.«

»Und was haben Sie den ganzen Tag gemacht?«

»Wollen Sie das wirklich wissen?«

»Ja«, sagte Sebastian. Die Ehrlichkeit dieser Antwort überraschte ihn selbst. Es war mitten in der Nacht, er war vollkommen übermüdet und hatte aufgehört, sich zu fragen, was hier eigentlich los war. Er wollte gern wissen, was Sophia dort in diesem Haus beim Maulwurf gemacht hatte, und deshalb hatte er sie gefragt. Sebastian konnte sich nicht erinnern, wann er das letzte Mal so aufrichtig eine Frage gestellt und Interesse an dem Leben eines anderen Menschen gezeigt hatte.

»Gut«, sagte Sophia.

Sechstes Kapitel: **Der Maulwurf und die Mauer**

»Ich habe nie die Chinesische Mauer gesehen, Fräulein Sophia. Es macht Ihnen doch nichts aus, wenn ich Sie mit Ihrem Vornamen anspreche?«

»Nein, nein«, antwortete Sophia gelassen.

»Das finde ich die schönste Form der gegenseitigen Ansprache, das Siezen in Verbindung mit dem Vornamen. Vertrauensvoller als das steife Siezen und höflicher als dieses blödsinnige Duzen. Die spiegelverkehrte Form des Umgangs ist hingegen meiner Meinung nach die Schlimmste: das Du in Verbindung mit dem Nachnamen, dieses Kaufhaus-Duzen. ›Frau Müller, kannst du mal bitte den Bon einlesen?‹ Einfach furchtbar!«

Sophia äußerte einen Laut, der vage Zustimmung ausdrücken sollte. Sie war nie sehr konzentriert bei der Sache, wenn der Maulwurf mit einer seiner vormittäglichen Reden begann, wie es jetzt unzweifelhaft der Fall sein würde.

»Die Chinesische Mauer jedenfalls soll das einzige Bauwerk sein, das man mit bloßem Auge vom Weltraum aus sehen kann. Aber was hat das schon für eine Bedeutung, wenn man da hochfliegt mit Technik im Wert von mehreren Milliarden, gekleidet in diese hoch technisierten Weltraumanzüge, in die man sogar scheißen kann und die einem vollautomatisch den Hintern wischen, und dann hat man nicht einmal ein gutes Fernglas mit, um sich mehr als nur ein Bauwerk auf der Erde anzusehen? Und überhaupt, wenn man so verdammt interessiert an den Sehenswürdigkeiten der Erde ist, warum verbringt man dann sein halbes Leben in irgendwelchen abgeschiedenen Ausbildungszentren am Ende der Welt, um zum Schluss für ein paar Tage in den Weltraum zu fliegen, anstatt diese Zeit und all sein Geld in einen Koffer und ein paar Flugscheine zu investieren? Oder in einen dieser verdammten Rucksäcke. Ich hasse diese Rucksäcke, diese widerlichen Parasiten, die ihre Wirtsorganismen durch die Touristenzentren dieser Welt schieben. Man muss aufpassen, Fräulein Sophia, denn wenn man nicht aufpasst, dann kann so ein Rucksack bei Berührung auf Sie überspringen, und es ist um Sie geschehen. Danach müssen sie ihn immer dahin tragen, wo er hinwill. Das überlebt man nicht lange.

Deshalb hasse ich diese Rucksäcke, es geht nichts über einen friedlichen Koffer, viereckig und ohne Eigenleben. Koffer rumpeln sogar freundlich, wenn man sie aus dem Schrank holt und mit ihnen verreisen will. Müsste ich wählen zwischen dem hässlichsten Koffer aus schwerem, dickem, dennoch instabilem Pappmaché, ausgekleidet mit einer abwaschbaren Plastikfolie, die mit großen orangefarbenen und braunen Blumen bedruckt ist, oder einem dezenten, ja vornehm gestalteten Rucksack, dessen Gewicht trotz unglaublicher Tragfestigkeit nicht messbar ist, mir fiele die Entscheidung nicht schwer. Gebt mir den Koffer, riefe ich. Ich will den Koffer haben! Den Koffer!

Bestimmt ist auch die Chinesische Mauer bevölkert mit diesen widerlichen Menschenschindern in Taschengestalt. Wahrscheinlich sieht man kaum die Mauer vor lauter Nylonbergen, die sich gegenseitig anstoßen und unter denen die jugendlichen Besitzer verzweifelt hervorschauen. Und dann diese riesengroße, vollkommen sinnlose Mauer, die mitten in der Landschaft steht. Für viel Geld und unendliche Strapazen wird man an den Punkt geführt, an dem die Mauer genau so aussieht, wie man sie auf wunderbaren, gestochen scharfen Fotos schon Hunderte Male zu Hause in einem bequemen Sessel bei einem Glas Rotwein und einer frisch gestopften Pfeife betrachten konnte. Und zwar bei meinem Lieblingsrotwein, nicht irgendeine traurige Weinimitation, mit der man in einem chinesischen Touristenrestaurant beleidigt würde. Dennoch würde man das Zeug hinunterschütten, in der Hoffnung, dass wenigstens richtiger Alkohol in diesem üblen Gebräu vorhanden ist und man bei ausreichender

Menge einerseits das merkwürdige Essen und andererseits die mit Sicherheit überhöhte Rechnung überleben wird. Und so schlimm diese Touristenkaschemmen sind, in ein einheimisches Restaurant könnte man erst recht nicht gehen, weil man kein Wort Chinesisch spricht und keinen Schimmer hat, was einem da auf den Teller geschoben wird, abgesehen davon, dass man nicht wüsste, wo man später seine Magenerkrankung behandeln lassen soll.

Ich frage mich, ob es in China überhaupt so etwas wie einheimische Restaurants gibt oder ob die einheimischen Restaurants nicht in Wirklichkeit getarnte Touristenrestaurants für Rucksackträger sind, die nicht in Touristenrestaurants essen, weil sie etwas vom Land mitbekommen, von den wirklichen Leuten sehen wollen. Dann halten sie sich mehrere durchschnittliche chinesische Jahresgehälter vor ihre Augen, um damit das wirkliche Leben zu fotografieren.

Im Übrigen glaube ich keinen Augenblick daran, dass die Leute wirklich gern in ausländische Restaurants gehen. Im Grunde genommen verstehen sie es als Mutprobe und tun es im Dienste ihrer gefühlten Toleranz, die genau so weit geht, wie die Ansichten des anderen mit den eigenen übereinstimmen. Eigentlich suchen sie so lange auf den Speisekarten, bis sie ein Gericht finden, das möglichst wie aus Mutters Küche schmeckt. Dann sind sie begeistert, schwärmen, um ihre Weltläufigkeit vor anderen unter Beweis zu stellen, und bestellen sich immer wieder dieses Gericht.

Das Ganze ist nämlich leider sehr simpel, meine liebe Sophia, auch wenn wir gern viel komplizierter wären. Was wir in den ersten vier Jahren essen, prägt uns fürs Leben. Und wenn da kein Ingwer oder keine Kartoffel dabei war, dann werden sie uns eben niemals gut schmecken, egal wie tapfer wir die Zähne zusammenbeißen, während wir den rohen Fisch in einen Zustand bringen, in dem wir ihn möglichst schnell und ohne weitere Berührung der Geschmacksknospen den Schlund hinunterwürgen können.

Aber ich will kein Tourist sein, Fräulein Sophia. Ich will hier in meinem Sessel sitzen, und ich würde mir auch gern das Buch über die Chinesische Mauer anschauen, obwohl ich es damals nur von meinen Kindern geschenkt bekommen habe, weil sie keine Ahnung hatten, was sie mir noch schenken sollen.

Ich stelle mir das immer wieder vor: Da sind Dutzende talentierter Männer und womöglich Frauen seit mehr als einem Jahrhundert damit beschäftigt, den perfekten Blick zur perfekten Zeit aus dem perfekten Winkel, kurz das perfekte Foto von der Chinesischen Mauer aufzunehmen. Sie klettern auf Bäume, wohnen in der Nähe des Bauwerks, lassen sich von alten Meistern verborgene Wege zu den besten Stellen zeigen. Dennoch schmeißen sie zu Hause Dreiviertel ihrer Bilder weg, und von den übrigen kommt höchstens ein Zehntel je zur Veröffentlichung. Die allerbesten Blicke der Menschheit auf die Chinesische Mauer zum Bruchteil dessen, was der Flugschein nach China kostet. Warum sollte ich nach China fliegen und dort im besten Fall einen ebenso guten Blick bekommen?

Das Gleiche gilt für gute Reiseführer. Ich verstehe nicht, warum die Tourismusbehörden nicht mehr gegen Reiseführer unternehmen. Wenn man sie durchgelesen hat, weiß man mehr, als man selbst in dem Land je sehen oder erleben wird. Aber offensichtlich will der Mensch, diese elende Kreatur, immer selbst der Hauptdarsteller in seinem billigen Film sein dürfen, obwohl andere die Rolle viel besser spielen würden.

Ich sehe es geradezu vor mir: meine Schwiegertochter, diese verhärmte Zicke mit ihrem Damenbart, wie sie kurz vor Weihnachten durch die Stadt zieht, um mir ein Geschenk zu besorgen. Keine Ahnung, wie mein Sohn sie dazu überredet. Es gibt einfach diese Dinge, wie Ballett, man muss nicht mehr darüber reden, man tut sie einfach. Er bezahlt die Gasrechnung, sie besorgt die Weihnachtsgeschenke. Streiten kann man sich über den Abwasch und darüber, wer den Müllbeutel hinunterbringt.

Was ich mir wirklich wünsche, können die mir sowieso nicht schenken, es sei denn, sie gewinnen in der Lotterie, sterben kurz darauf eines tragischen Todes, und ich bin von ihnen als Alleinerbe eingesetzt worden. Zu viele Unwahrscheinlichkeiten. Auf diesen Tag sollte ich besser nicht warten. Und selbst wenn er käme, was würde ich dann schon mit dem Geld machen? Es würde immer noch nicht reichen, um mir einen Fernsehsender zu kaufen und ihn dann einfach so für immer abzuschalten, als Zeichen gegen die fortschreitende Auflösung unserer Welt in Geschwätz und Belanglosigkeit.

Das Grandiose, Unbegreifliche an der Erfindung von Geld ist, dass man nie genug davon besitzen kann. Als die Menschen noch Waren getauscht haben, konnten sie viel zu leicht erkennen, wann sie genug Getreide für einen, zwei, drei Winter hatten. Geld häuft man einfach an. Wer viel hat, will mehr haben, wer Millionär ist, wäre gern Milliardär. Ich sage ihnen, Fräulein Sophia, Geld ist das Beste, was es gibt, um die Leute vom Denken abzuhalten. Wenn es kein Geld gäbe, sie würden es erfinden.

Jedenfalls kauft meine Schwiegertochter dann einen Bildband, sie hat noch Martins Worte im Ohr: ›Kauf einfach irgendwas für den Alten. Geld ist egal.‹ Und irgendwas ist dann ein Bildband über die Chinesische Mauer, ein riesiger Schinken, der teuer ist oder wenigstens so aussieht. Heutzutage gibt es ja unheimlich viele Dinge, die so teuer sind, dass sie nicht mehr teuer aussehen, die ganze Wohnung bei meinem Sohn und seiner Frau steht voll davon. Aber sie wissen, dass das nicht mein Stil ist, dass ich das nicht verstehen möchte, warum ein teurer schlechter Blechschrank etwas Besonderes und eben etwas ganz und gar anderes als ein billiger schlechter Blechschrank sein soll und warum es besser sein soll, einen guten Fisch nicht zu braten, sondern roh zu essen.

Immerhin war ich noch nicht blind, als sie mir das Buch schenkten, sonst wäre das Ganze etwas geschmacklos gewesen. Nein, bei diesem Bildband, da gab es immerhin einen Augenblick, in dem meine Schwiegertochter dieses Buch selbst hätte besitzen wollen. Ein kurzer Impuls, der normalerweise den Blick auf das Preisschild nicht überlebt hätte. Das war das Herzlichste, was ich von meiner Schwiegertochter erwarten kann, das der Maxime noch ein bisschen nahekommt, doch etwas zu verschenken, was man selber gern besäße. Es war kein großes Wunder oder Geheimnis, dass sie es gekauft hatte. Aber dann wollte Martin an Weihnachten vor seinem Vater auch bemüht erscheinen, keine Ahnung, wozu er das braucht, vielleicht möchte er auf der Arbeit bei den Gesprächen an der Kaffeemaschine nicht schlecht vor seinen Kollegen dastehen. Ich schätze sonst an unserer Beziehung immer das Minimum unangebrachter Sentimentalitäten, aber zu Weihnachten wollte er sich wohl in den Vordergrund spielen, sagte, ich hätte mich doch schon immer für asiatische Kultur interessiert. Es sollte wohl so ankommen, als habe er die grandiose Idee gehabt, als hätten beide eine Heidenarbeit gehabt und als müsste meine Dankbarkeit unendlich sein. Es war beklagenswert.

Trotz alldem würde ich jederzeit lieber mit diesem Buch in meinem Sessel sitzen, als selbst mit dem besten Koffer der Welt nach China zu verreisen und dort die Chinesische Mauer in der sogenannten Wirklichkeit zu besuchen. Ich möchte nirgendwo mehr hinreisen, Fräulein Sophia. Und das hat nichts damit zu tun, dass ich ein alter Mann bin. Diese schrecklichen Freizeittransporte für rüstige Rentner, dazu möchte ich nicht mal vor Gericht verurteilt werden. Mit einem ganzen Bus voller Herzleiden und Gallensteinen stundenlang durch die Gegend fahren, sich am Ziel sofort in den nächsten Bus setzen, Kaffee trinken, Kuchen essen, grauenhaft.

Nein, Fräulein Sophia, ich möchte überhaupt nicht mehr reisen, auch nicht mehr so, wie man reisen soll. Ich kann Ihnen sagen, wie eine solche Reise aussehen würde. Sie fahren irgendwohin. Dort wohnen sie in einem kleinen, aber sehr sauberen Hotel, natürlich malerisch gelegen. Das Hotel ist seit Generationen ein Familienbetrieb, wahnsinnig freundlich, ohne sich anzubiedern, sehr stilvoll, Sie sind zufrieden. Dann brechen Sie auf, um das Land kennenzulernen. Natürlich besuchen Sie die wichtigsten Sehenswürdigkeiten nur ganz früh oder ganz spät, um dort keine Touristen zu treffen.

Sie haben einen hervorragenden einheimischen Führer, sehr gebildet, der Ihnen alles über Land und Leute erzählen kann. Er kennt die Landesgeschichte, aber auch interessante Anekdoten, die Fauna und die Flora, das macht es besonders schön. Zum Schluss empfiehlt er Ihnen ein wunderbares Lokal, in dem sie die landestypische Speise und das landesübliche Getränk in unvergleichlicher Qualität zu sich nehmen. In dem Lokal sind außer Ihnen keine Touristen, und die Preise sind unglaublich günstig. Auf Ihren seltenen Begegnungen mit anderen Urlaubern wundern Sie sich, wie die sich verschaukeln lassen, was die sich alles gefallen und andrehen lassen, während Sie das Echte und Wahre erleben. Es kommt Ihnen nicht einmal der Gedanke, dass die das Gleiche über Sie denken könnten. Sie kommen nach Hause mit einem Fotoapparat voller Erinnerungen und einigen geschmackvollen Andenken, die natürlich mit den üblichen Souvenirs nichts zu tun haben.

Und soll ich Ihnen die Wahrheit sagen, Sophia? Die ersten Male freut man sich ja noch, aber im Laufe der Jahre verschwimmen alle Erinnerungen. Die gebildeten Führer, die Anekdoten, die verträumten Lokale, die Architektur, die Landschaften, alles eine Soße. Ich muss nirgendwo mehr hinfahren, weil ich jetzt schon weiß, wie ich es da gefunden haben werde. Natürlich einzigartig.

Wissen Sie, Sophia, was mich an anderen Völkern

interessiert, das sind die normalen Leute. Was für eine Idiotie, die Völker nach den Publikationen irgendwelcher Intellektueller zu beurteilen! Die Intellektuellen unterscheiden sich weltweit fast nicht voneinander. Man setzt hundert von ihnen in einen Raum, und nach spätestens zehn Minuten parlieren sie ihr übliches Parlando, natürlich auf Englisch. Sie haben alle ihren Kant gelesen oder kennen zumindest jemanden, der das getan und einen interessanten Artikel darüber geschrieben hat. Sie tolerieren das Andere bis zur Schmerzgrenze und weit darüber hinaus.

Leider trifft man die normalen Leute als Reisender fast nirgendwo. Die normalen Leute leben normale Leben und haben keine Zeit für dahergelaufene Fremde. Auch deswegen verabscheue ich es, zu verreisen.

Rückblickend interessiert mich am Reisen nur noch der eine Moment, in dem man wieder nach Hause kommt und plötzlich den Schlüssel zu seiner Haustür sucht. Wochenlang hatte dieses kleine Metallbündel die Bedeutungslosigkeit, die ihm zusteht. Und jetzt plötzlich wird der Schlüsselbund wieder wichtig, graben wir hektisch in unseren viel zu vielen und viel zu großen Taschen und finden schließlich den Schlüssel an irgendeinem Ort, an den er im Lauf der Reise gerutscht ist, in der letzten Ecke, unter der Schmutzwäsche. Plötzlich wird er uns wieder wichtig. Er ist das Symbol für das Ende der Reise, dass die offensichtlich unwichtigen Dinge des Lebens plötzlich wieder wichtig werden. Denn wenn sie wirklich wichtig wären, wie konnten sie dann drei Wochen lang ruhen? Aber für diesen einen lächerlichen Moment nehme ich selbstverständlich nicht die Unbequemlichkeit einer Reise auf mich.«

Sophia lief einmal quer durch das große Zimmer, vorbei an der langgezogenen Front deckenhoher Fenster, durch die man die Terrasse und dahinter den See sah. Der lag grau und ruhig da wie der ganze Novembermorgen. Auf dem Tisch am Fenster stand noch der kleine Frühstücksteller mit den Brotkrumen, die ausgetrunkene Kaffeetasse, auf dem Teller lag das Messer. Obwohl es nicht zu ihren Aufgaben gehörte, war es ihr zur Gewohnheit geworden, das Frühstücksgeschirr abzuräumen und in die Küche zu tragen. Dann setzte sie sich an den Schreibtisch und wartete regungslos, bis der Maulwurf seinen Weg zu dem neben dem Schreibtisch stehenden Sessel finden würde. Er hasste es, angefasst oder geführt zu werden, selbst von Sophia konnte er Hilfe nicht ertragen. Unglückliche Umstände hatten ihn dazu gezwungen, eine Sekretärin anzustellen, und er wollte, dass sie nichts als diese Arbeit verrichtete, ihr Geld nahm und pünktlich Feierabend machte. Er verbat sich insbesondere Mitleid und Hilfsbereitschaft, denn er bestand darauf, nichts als ihr Arbeitgeber zu sein.

Ungeschickt fuchtelte er mit seinem Stock herum und stolperte wie jeden Morgen durch sein Zimmer. Sophia hatte gehört, dass Blinde sich elegant bewegen, zumindest in seinem Fall aber traf das nicht zu. Er schlurfte ungeschickt durch seine eigenen vier Wände, stieß an jede Kante und stolperte häufig über alle möglichen Gegenstände. Vielleicht lag es ja daran, dass er sein ganzes Leben als Sehender verbracht hatte.

Am Ende seiner täglichen Odyssee saß er dann an seinem Schreibtisch auf seinem Arbeitsstuhl. »Es hat gar nichts damit zu tun, ob ich sehen kann oder nicht, Fräulein Sophia. Ich kann nur hier schreiben, in der Beziehung bin ich komisch. Also natürlich sitzen Sie da und schreiben, so vollkommen verblödet bin selbst ich noch nicht. Aber ich meine etwas ganz anderes als dieses Tastengedrücke, wenn ich ›schreiben‹ sage. Tasten drücken, einen Einkaufszettel schreiben, das kann jedermann überall.«

Sophia war diese Tiraden am Vormittag gewohnt und hörte nur mit einem halben Ohr zu. Sie genoss es, ihren eigenen Gedanken nachzuhängen, während er endlos über die Schlechtigkeit der Welt philosophierte. Sie empfand seine langen Reden als angenehm und gewissermaßen fürsorglich.

»Wirkliches Schreiben, das kann ich nur an diesem Tisch, auf diesem Stuhl. Ich schaue auf den See hinaus, und glauben Sie mir, ich kann den See heute besser sehen als früher. Wenn ich heute da hinausschaue, dann sehe ich ganz genau den See vor mir, ich setze mir ein ganzes Bild aus all den Stücken meiner zerstreuten Blicke von früher zusammen.

Irgendwann, es muss schon lange her sein, bin ich zu der Überzeugung gekommen, ein sehr bedeutender Schriftsteller zu sein. Es ist gefährlich, vor sich selbst berühmt zu werden. Mein Sohn hatte mir, als ich damals den Schlaganfall hatte, Höraufnahmen meiner Bücher ins Krankenhaus gebracht, in der Überzeugung, mir eine Freude zu machen, unter der bis dahin richtigen Annahme, dass mir nichts und niemand so ausnehmend gut gefallen würde wie ich mir selbst. Doch als ich da in meiner neuen Dunkelheit lag, habe ich sehr gelitten unter dem Quark, den ich da über die Jahre breitgetreten hatte. Insofern war der Schlaganfall für mich auch eine Art Heilung nach schwerer Krankheit. Und ich nahm mir vor, es noch einmal zu versuchen, ein richtiges Buch zu schreiben. Wenn es gelingt, soll es gern mein letztes sein.«

Sophia saß unbequem an einem kleinen Beistelltischchen, das unter der Last des Computers wackelte, und wartete, dass der Maulwurf etwas sagte, das sie aufschreiben sollte.

»Also er trifft diesen windigen Menschen, durch und durch schlecht. Wie soll er heißen, was meinen Sie, Sophia?«

»Was meinen Sie?« Abrupt war sie durch seine

Frage aus ihren Gedanken gerissen worden. Es war sein Buch, was hatte sie damit zu tun?

»Wie soll er heißen? Er hat unendlich viele Namen, und deshalb ist es vollkommen egal, wie er heißen soll, und deswegen können Sie auch sagen, wie er heißen soll. Also?«

Sie zögerte. »Wolf?«, schlug sie vor.

»Gut, Wolf. Also er trifft Wolf, das Schlechte an sich. Und Wolf erschleicht sich sein Vertrauen. Selbstverständlich erschleicht er sich sein Vertrauen, denn niemand kann wirklich schlecht zu uns sein, dem wir nicht vertrauen. Vertrauen ist eine Voraussetzung für Verrat, ist eine Voraussetzung für das Schlechte. Er vertraut Wolf an, dass er die Nase voll hat von diesem Leben. Er kann es nicht mehr hören, er kann es nicht mehr sehen, und er kann es nicht mehr riechen. Jeder noch so schwachsinnige Mensch kann seine noch so unausgegorene Meinung öffentlich machen. Informationen plärren aus dem Radio, sie dringen aus dem Fernseher, sie kommen über das Internet gekrochen. Es ist kein Problem zu erfahren, was der Präsident irgendeiner Bananenrepublik zum Frühstück gegessen hat oder wie viel Kaffee noch in der Glaskanne der Kaffeemaschine in der Küche irgendwelcher Technikanhänger vorhanden ist. Das stimmt wirklich, das habe ich gelesen. Stellen Sie sich vor, wie deprimierend, dass man solch einen Unfug liest und es sich auch noch merkt. Ist es nicht zwangsläufig, dass man irgendetwas anderes dafür vergisst? Was geschieht mit den Menschen, die jeden Tag den Kaffee in dieser Kanne über das Internet ansehen? Vergessen die dafür ihre Adresse oder wie man Schnürsenkel bindet? Deprimierend.«

Sophia unterbrach ihn: »Soll ich irgendetwas davon aufschreiben?«

»Nein, ich entwickele nur den Stoff. Das gehört alles dazu, schreiben können wir später noch. Am Anfang habe ich sogar überlegt, ob ich alles in Versform aufschreiben soll. Aber dann nehmen es die Verlage nicht. Die wollen heute nur noch Romane, etwas anderes kauft kein Mensch mehr, sagen sie. Jede noch so wirre Sammlung unzusammenhängender Tagebuchnotizen wird heute als ›Roman‹ tituliert. Wer will denn schon Kurzgeschichten oder Novellen lesen? Nicht einmal mehr ›Erzählung‹ dürfen sie heute auf ein Buch schreiben. Irgendwann wird man Unterkategorien zu den Romanen erfinden müssen, damit man den ganzen Mist wieder unterscheiden kann. Dann werden sie Kunstromane, Sachromane und Sammlungen von Kurzromanen in den Verkaufsregalen finden, wenn es diese Regale dann überhaupt noch gibt, irgendwo in der Tankstelle zwischen Kondomen und Senf. Also gut, schreiben Sie.«

Siebtes Kapitel: **Ein Lokal, ein Student, ein Dritter**

Es war ausgesprochen spät und dunkel. Man hätte meinen können, dass sich die Laternen ihrer Sinnlosigkeit zunehmend bewusst wurden, denn sie funzelten nur noch trüb daher, kaum dass sie die Straßen erleuchteten, auf denen sich zu dieser Zeit der Nacht nur noch ein Volk herumtrieb, das passenderweise lichtscheu genannt wird. Flaneure waren zu dieser Stunde niemals unterwegs, und schon die meisten Passanten hatten Mühe, ihre Passage zu bewältigen, wobei die Ursache dieser Mühe meist alkoholbedingt war und ihnen auch eine bessere Beleuchtung des Bürgersteiges nicht geholfen hätte. Der besser orientierte Rest, das genannte lichtscheue Publikum, bewegte sich vorsätzlich im Raum der Nacht und suchte den Schutz der Dunkelheit, den Laternen nur verminderten.

Heiner blickte hinaus auf die Straße. Die Fenster des Lokals waren verschmiert von den Gästen, die ihren Schlaf nicht mehr bis in die eigene Behausung hatten retten können und daher mit dem Kopf an die Scheibe gelehnt eingeschlafen waren. Vor einigen Wochen hatte Heiner sogar beobachtet, wie ein Herr im schweren Rausch, der sein Haar zu einem blonden Zopf gebunden hatte, sich am Nebentisch seiner Kleidung entledigte, diese ordentlich gefaltet auf einem Stuhl ablegte und sich schließlich in Verkennung des Orts auf ein Sofa zum Schlafen legte. Heiner war beeindruckt, wie tief eine Prägung sein kann, die erst in der Jugendzeit erfolgt. Denn während der Mann offensichtlich vergessen hatte, an welchem Ort er sich befand, hatte er dennoch seine Kleidung zu einem ordentlichen Päckchen gefaltet, das jede Kontrolle durch den Spieß bestanden hätte.

Aber nicht nur die Scheibe war verschmiert, über die Tische war Ähnliches zu sagen, und auch eine Reinigung des Fußbodens war sehr lange nicht mehr erfolgt. Es gab nur einen Grund, warum sich in einem solchen Lokal – wenn die Wirtin partout auf die Zuweisung einer Funktionsbezeichnung bestanden hätte, so wäre ihr höchstens die Bezeichnung als Trinkhalle zuzubilligen gewesen – so viele Gäste aufhielten: seine Besonderheit.

In einer vom Überfluss geprägten Gesellschaft sind die Besonderheiten das, was den erfolgreichen Wettbewerber von seiner Konkurrenz unterscheidet. Dutzende von Herstellern bieten Waschpulver an, die alle ihren eigentlichen Zweck erfüllen. Aber nur wer eine besonders gelungene Verpackung bietet oder einen klangvollen Namen, der wird sein

Waschpulver verkaufen. Heiner bezweifelte stark, dass die Wirtin diesen Zusammenhang erkannt und der Erkenntnis folgend gehandelt hatte, vielmehr nahm er an, dass sie ihr Lokal namens *Larifari* auf die einzige Weise betrieb, die ihr möglich war und dadurch die wettbewerbsentscheidende Besonderheit rein zufällig erzielte. Das *Larifari* war nämlich der einzige öffentliche Ort weit und breit, an dem zwischen zwei und fünf Uhr morgens alkoholische Getränke ausgeschenkt wurden. Nichtalkoholische Getränke wurden auch angeboten, diese waren jedoch vor allem aufgrund gesetzlicher Regelungen auf der Karte angeführt. Außer einer gelegentlichen Tasse abgestandenen Kaffees wurden praktisch keine nicht-alkoholischen Getränke ausgeschenkt. Gewissermaßen verwaltete das *Larifari* während seiner Geschäftszeiten einen Mangel, denn viele der Anwesenden hätten wohl mit Sicherheit sofort bekannt, lieber in einer Lokalität mit höheren Standards zu verkehren, wenn es um diese Uhrzeit eine solche gegeben hätte.

Genau das schätzte Heiner am *Larifari*, denn obwohl er sich noch nicht besonders alt vorkam – aber schließlich kam sich heute niemand mehr besonders alt vor –, konnte er sich noch an eine Zeit erinnern, zu der es in jeder Straße höchstens ein Lokal gegeben hatte. Man akzeptierte das dortige Angebot oder aß zu Hause, und man setzte sich nach höflicher Rückfrage selbstverständlich auf freie Stühle zu fremden Leuten mit an den Tisch, wobei diese Fremden nur dann die Möglichkeit hatten, die Anfrage abzuweisen, wenn die scheinbar freien Stühle durch andere Gäste bereits jetzt oder in naher Zukunft belegt wurden.

Ganz abgesehen also davon, dass Heiner diese fehlende Wahlmöglichkeit durchaus zufrieden stimmte und die mangelhaften Standards von Hygiene und Höflichkeit von dieser Zufriedenheit vollends aufgewogen wurden (er hätte sich gewünscht, dass dieser Mangel an Alternativen wieder Normalität und nicht Ausnahme gewesen wäre – wie sollte er sinnvoll entscheiden, welche von sieben Sorten Butter er kaufen sollte, ohne damit einen unangemessen hohen Anteil seiner Lebenszeit zu verbringen?), kamen die Geschäftszeiten des *Larifari* der ihm eigenen Gestaltung seines Tagesablaufs sehr entgegen. Denn wegen seiner Erschöpfung in einer Welt, die übervoll von Reizen war, hatte er schon vor Jahren den Hauptteil seiner wachen Stunden in die Nacht verlegt.

Heiner verließ sein Bett meist am frühen Abend. Nach dem Frühstück, eine Mahlzeit, die ihm sehr wichtig war – und er war nicht der Meinung, dass man ein Frühstück nur in den Stunden einnehmen konnte, die auch von anderen als früh bezeichnet wurden –, begab er sich in sein Arbeitszimmer, wo er seit Langem seine Studien betrieb. Stets bemerkte er nach einigen Stunden eine geistige Erschöpfung, die ihn dazu zwang, sein bisheriges Pensum das Tagwerk zu nennen. Dann legte er den Stift beiseite.

Anfänglich hatte er Dutzende Male versucht, die Erschöpfung zu ignorieren, hatte mit diesen Versuchen jedoch die lächerlichsten Schiffbrüche erlitten, hatte einige schöne Sätze mit dem schartigen Schwert der Willenskraft für immer zerstört. Nach Einsetzen dieser Erschöpfung zu arbeiten war wie der Versuch, mit Ballettschritten die Eigernordwand zu bezwingen. Wenn er also sein Tagwerk beendet hatte, lenkten ihn seine Schritte nicht selten ins geschätzte *Larifari*. Die unangenehmen Notwendigkeiten des Lebens erledigte er meist am frühen Morgen. Das verhasste Einkaufen oder Gespräche mit Banken, Behörden und anderen Menschen erschöpften ihn so sehr, dass er den anschließenden Schlaf, mit dem er seinen Tag beschloss, stets herbeisehnte.

Warum aber vermochte Heiner sich den auf anderen Menschen lastenden Verpflichtungen des Berufslebens so weitgehend zu entziehen? Es war ganz einfach so: Heiner gehörte zu der Gruppe von Menschen, denen ein Großteil dieser Verpflichtungen nicht oblag. Diese Gruppe, Heiners Gruppe, war klein, wenn auch seit Jahren im Wachsen begriffen, was jedoch kaum wahrgenommen wurde.

Seit mittlerweile mehreren Generationen akkumulierten die Menschen Reichtum in einem riesigen Ausmaß, wie es typisch war für die historischen Perioden zwischen Kriegen. Gewöhnlich mehrte eine Generation den ihr übergebenen akkumulierten Wert noch für die ihr folgende. Dieses Geld war auf sehr wenige Taschen verteilt, und Heiner hatte das Glück, über eine dieser Taschen zu verfügen. Im Gegensatz zu seinen Eltern und deren Eltern hatte er beschlossen, seinen Wohlstand zugunsten seines Wohlbefindens schrittweise zu vermindern, was ihm seine komfortable Lebensführung ermöglichte. Statt das im Übermaß vorhandene Geld zu mehren, hatte sich Heiner ganz seinen Studien verschrieben.

»Und was studieren Sie?«, hatte der ihm gegenübersitzende Wolf am erwähnten Fenstertisch des *Larifari* gefragt. Obwohl sie seit einigen Monaten immer wieder lange Gespräche führten, siezten sie einander beharrlich. Eine Vorliebe für diese vom Aussterben bedrohte Form der Höflichkeit verband sie. Und für beide war das inflationäre Duzen keinesfalls eine notwendige Voraussetzung zum Ausdruck zwischenmenschlicher Verbundenheit.

»Dazu müsste ich etwas weiter ausholen«, antwortete Heiner.

»Nur zu!«

»Ich muss vorausschicken, dass ich, wie bereits erwähnt, mein ganzes Leben lang für diese Studien Zeit habe, was mich gänzlich von anderen Studierenden unterscheidet. Ich muss keine Zeit für die Examensvorbereitung verschwenden, ich muss keiner Sitzung beiwohnen, ich muss keine Gespräche in meinem Personalbüro führen, ich muss mich nicht bewerben und keine Geburtstagsfeiern im Kollegenkreis ausrichten. Worauf ich hinauswill: Ich habe viel mehr Zeit für meine Studien als andere Wissenschaftler. Dazu kommt, dass ich mich in keiner Paarbeziehung befinde, was ich gelegentlich bedauere, aber anders betrachtet bedeutet es einen Gewinn an wissenschaftlicher Zeit für mich.

Sie haben mich nach meinen Studien gefragt. Nun, ich schätze ein Wort des ehemaligen englischen Außenministers: Er sei sehr zurückhaltend, was ihn selbst anbelange, werde jedoch selbstbewusst, wenn er andere betrachte. So geht es mir auch. Ich halte mich für durchaus beschränkt und könnte mit Leichtigkeit eine Vielzahl meiner Beschränkungen aufführen, aber im Vergleich zu anderen, die mit geschwellter Brust durch diese Welt und ihr Leben gehen, halte ich meine Möglichkeiten für durchaus passabel.

So habe ich bereits vor längerer Zeit beschlossen, mich einer Frage zu widmen, die die Forscher schon seit Jahrhunderten umtreibt, und ich bitte Sie, lieber Wolf, nicht darüber zu lachen. Ich beschloss, nach dem Sinn des Lebens zu forschen.

Ich sehe einen leichten Schimmer von Verwunderung in Ihrem Blick. Mein Vorhaben klingt vielleicht aberwitziger, als es meiner Meinung nach tatsächlich ist. Ungeheuer viele Wissenschaftler,

Gelehrte und Denker haben sich schon mit ebendiesem Problem aus den verschiedensten Perspektiven auseinandergesetzt. Tausende von Seiten, verfasst von klugen Köpfen fremder oder vergangener Kulturen, schlummern in den Bibliotheken. Mir geht es keineswegs darum, Rad oder Pulver neu zu erfinden. Ganz im Gegenteil ist es mein Ziel, endlich Speiche und Rahmen oder Schwefel und Salpeter in angemessener Weise zusammenzuführen, um im Bild zu bleiben. Ich habe die Hoffnung, dass die Antwort längst vor uns liegt, aber niemand bisher genügend Zeit aufbrachte, das Puzzle in seiner Lebenszeit zusammenzufügen, vergleichbar vielleicht mit Platons Kugelgleichnis aus dem *Gastmahl*. Nach meinen Schätzungen müsste ich mit dem Stand meiner Forschungen schon mindestens so weit sein, wie es die meisten Professoren kurz vor ihrer Emeritierung sind, und mir bleibt, statistisch gesehen, noch viel Zeit für meine Arbeit.«

Wolf hatte, die rechte Hand in seinen kurz geschnittenen, schwarzen Haaren vergraben, Heiners Ausführungen aufmerksam gelauscht, nur gelegentlich einen Schluck von seinem Bier genommen, das im *Larifari* in großen Gläsern ausgeschenkt wurde.

»Und was, wenn es nicht gelingt?«, fragte er nach einer Pause.

»Was meinen Sie?«

»Was, wenn Sie die Antwort nicht finden, das

Rätsel nicht lösen, trotz der Ihnen gegebenen Zeit?«

»Das ist in der Tat eine wichtige Frage. Aber wissen Sie, es ist mir egal. Die Frage stellt sich für mich anders: Was soll ich anstellen mit meinen Jahren zwischen Wiege und Grab? Wenn ich mir ansehe, mit welchen lächerlichen Methoden Menschen probieren, unser lächerliches Leben zu verlängern, kann ich darüber nur lachen. Wie viele andere habe ich längst eine einfache, billige und sehr effektive Methode entdeckt, mein eigenes Leben um Jahrhunderte zu verlängern. Der Irrtum der anderen besteht doch darin, dass sie nach Wegen suchen, das Leben in die Zukunft hinein zu verlängern, ein höchst schwieriges Unterfangen mit einem höchst unklaren Ziel. Ich hingegen verlängere mein Leben in die Vergangenheit, und mein Weg dorthin ist natürlich das Lesen. Anstatt darum zu kämpfen, weitere zwei oder zehn Jahre in eine mir immer unverständlicher werdende Zukunft zu stolpern, wandere ich in Begleitung der klügsten Köpfe durch die Epochen.

Seien Sie also versichert, dass der Weg dorthin hochinteressant ist und es daher nicht die übliche Ausflucht des Erfolglosen ist, wenn ich diesen Weg allein als lohnenswertes Ziel ansehe. Wobei ich natürlich als Abendländer an der Überzeugung festhalte, dass im Grunde genommen das Ziel das Ziel ist.«

Wolf hatte mit dem Zeigefinger gedankenverloren sonderbare Zeichen in die Bierpfützen auf dem Tisch gezeichnet. Plötzlich schien er zu bemerken, was er da getan hatte, erschrak und wischte die Zeichen rasch mit der Kante eines Bierdeckels fort.

»Und wie muss man sich Ihre Arbeit konkret vorstellen?«

Heiner seufzte. »Auch das ist eine gute Frage. Ich sagte schon, es geht mir um das Zusammenfügen von Mosaiksteinen. Was alles andere als einfach ist. Denn ich weiß nicht, welche Steine zu meinem Mosaik gehören, ebenso wenig, wie ich weiß, wie mein Mosaik schlussendlich aussehen soll. Ich weiß nicht einmal, wie viele Steine ich brauche und welche Form meine Lösung hat. Das macht es schwer.

Ich bin zu der Überzeugung gekommen, dass alles, was ich brauche, in Büchern zu finden sein muss. Natürlich gibt es auch Zeitschriften, Filme, Hörspiele, elektronische Nachrichten aller Art. Aber ich bin mir absolut sicher, dass es jeder fundamentale Gedanke auch zwischen zwei Buchdeckel geschafft hat. Ich möchte damit absolut nicht behaupten, dass jedes Buch fundamentale Gedanken enthielte. Statistisch gesehen ist praktisch das Gegenteil der Fall, es gibt so viele Bücher bar jeglichen Gedankens, dass die wenigen mit fundamentalen Gedanken so selten wie ein Lottogewinn sind. Und dennoch ist es so, dass die wirklich wichtigen Dinge aus jedem Gebiet in mindestens einem Buch stehen. Ich habe mich ganz zu Beginn meiner Forschungen mit Dutzenden Professoren und Gelehrten unterhalten. Jeden habe ich gefragt, welche Erkenntnisse seines Fachs wirklich wichtig sind, die Quintessenz, das Bleibende, nicht die Aufregungen des Tagesgeschäfts oder die neuen, noch fern liegenden Ufer, an denen jeder Forscher das paradiesische Hinterland zu finden hofft – ohne diese Hoffnung wäre die entbehrungsreiche Reise zu diesen Ufern kaum erträglich, vor allem, da die meisten dieser Reisen mit der Entdeckung unfruchtbaren Ödlands beendet werden. Ich habe mit vielen korrespondiert, mit den anerkannt Besten ihres Fachs, und jeder Einzelne von ihnen hat mir zum Schluss, als sie verstanden hatten, was ich meinte, ein Buch genannt, ein einziges nur.

In der Tat habe ich nebenbei die Erkenntnis gewonnen, dass die tatsächlich Besten ausgesprochen offene Menschen sind. Während die engstirnigen, sich vor allem durch ihren Fleiß auszeichnenden Forscher hinter verschlossenen Türen arbeiten und ängstlich mit der Hand das verdecken, was sie gerade schreiben, konnte ich feststellen, dass die richtig guten und anerkannten, sich durch ihr Talent auszeichnenden Forscher ihre Türen nicht verschließen. Eine von ihnen, sie war, wenn ich mich recht erinnere, Medizinprofessorin, sprach ich sogar auf diesen Umstand an. ›Wissen Sie‹, antwortete sie mir, ›ich beschäftige mich jetzt seit zwölf

Jahren mit dieser Thematik. Wenn jemand anderes mit meinen Ergebnissen mehr anfangen könnte als ich, dann hätte ich doch etwas falsch gemacht.‹

Ich nahm also die Bücher und dachte, dass ich vorgehen muss wie bei einem Puzzlespiel. Zuerst habe ich nach den Ecksteinen gesucht. Sie können es sich vorstellen: die *Ilias*, Platons Dialoge, Pythagoras' Geometrie, Thora, Bibel, Koran und so weiter. Dann habe ich die Randsteine gesucht, glatt an einem Ende, um gemeinsam mit den Ecksteinen Rahmen und Größe des Mosaiks zu definieren. Die Primzahlen, Vesalius' Anatomie, *Macbeth*, die Gauß'sche Glockenkurve und so fort.

Mit den Jahren hatte ich so viele beste Bücher empfohlen bekommen, dass ich in der Lage war, selbstständig weitere solche Werke zu finden. Es war gar nicht so schwer: Ich suchte einfach nach Büchern, die in drei Standardwerken Erwähnung fanden, und prüfte, ob sie noch in drei weiteren Standardwerken erwähnt wurden. Gab es jetzt noch eine entsprechende Anzahl von Dissertationen darüber, konnte ich mir nahezu sicher sein, ein tatsächlich wichtiges, für meine Studien relevantes Buch in der Hand zu halten. Entscheidend war aber, dass die Wahrnehmung des Buches sich mindestens über zwei Jahrhunderte erstreckte, es musste die Reise durch die Jahrhunderte überlebt haben.«

Heiner lehnte sich erschöpft zurück und trank in einem Zug sein Bier aus.

»Und jetzt?«, fragte Wolf.

»Und jetzt liegen alle diese Bücher in meiner Wohnung.«

»Das würde ich gern mal sehen«, sagte Wolf mit schon etwas schwerer Zunge.

Heiner dachte einen Augenblick nach und sah Wolf dabei in die Augen. »Um der Wahrheit die Ehre zu geben«, setzte er vorsichtig an, »habe ich nicht allzu gern Besuch. Besuch konfrontiert mich zu sehr mit der Beschränktheit meiner eigenen Existenz. Verstehen Sie mich nicht falsch, ich fühle mich ausgesprochen wohl in meiner Haut, aber hat sich Besuch angekündigt, beginnen Zweifel an mir zu nagen. Dann kommt mir meine Wohnung zu klein und zu unordentlich vor, mein Geschmack betreffend Kunst und Essen zu primitiv, mein Dasein im Ganzen grotesk. Plötzlich scheint alles auf dem Spiel zu stehen für eine flüchtige Begegnung.«

»Langsam verstehe ich, warum Sie nicht in einer festen Beziehung leben«, lachte Wolf. »Nichts, gar nichts will ich von Ihnen. Ich bestehe sogar darauf, dass Sie keine Büroklammer in Ihrer Wohnung verräumen. Seien Sie versichert, dass ich an nichts etwas auszusetzen haben werde. Wer bin ich, Urteile über die Menschen zu fällen? Ich bin aufrichtig daran interessiert, zu sehen, wie Sie arbeiten, denn Ihr Bericht hat mich fasziniert. Ich möchte kommen, schauen und dann wieder gehen, nichts weiter.«

»Aber ich fühle mich immer getrieben, den Leuten etwas anzubieten.«

»Dann laden Sie mich doch zum Kaffee ein, das ist doch hoffentlich unaufwendig genug?«, schlug Wolf vor.

»Kaffee, das würde gehen. Auch wenn ich im Leben bisher nicht viel erreicht haben mag, rühme ich mich doch, einen einigermaßen passablen Milchkaffee zubereiten zu können.«

»Und ich bringe Kuchen mit«, sagte Wolf. »Mit Süßem kenne ich mich aus.«

»Abgemacht.«

»Jetzt gilt es nur noch, eine Zeit auszumachen. Was schlagen Sie vor?«

»Übermorgen, so gegen ein Uhr morgens. Das ist die Zeit, zu der ich gewöhnlich meinen Kaffee trinke. Aber vielleicht ist das für Sie eine zu ungewöhnliche Stunde. Auch wenn wir nun schon manche Nacht hier gemeinsam gesessen haben, bin ich mir nicht sicher, wie Sie Ihre Tage verbringen.«

»Nein, nein, wunderbar«, sagte Wolf. »Auch ich bin ein großer Freund der nächtlichen Stunden und versuche, keine von ihnen ungenutzt verstreichen zu lassen. Also treffen wir uns bei Ihnen, übermorgen um eins.«

Heiner schaute auf seine Uhr. Als er wieder aufblickte, saß Wolf nicht mehr am Tisch. Heiner nahm an, dass er auf die Toilette gegangen war. Er wartete noch eine Weile vergeblich auf Wolf und verlangte schließlich die Rechnung.

»Die hat ihr Freund eben schon bezahlt«, rief ihm die wilde Wirtin zu. Heiner wunderte sich, nahm grußlos seinen Mantel und verließ nachdenklich das Lokal.

Achtes Kapitel: **Das Böse an sich**

»Viel habe ich im Leben nicht erreicht«, rief Heiner seinem Besuch durch die geöffnete Küchentür zu. »Aber ich rühme mich, einen anständigen Milchkaffee zubereiten zu können.«

»Ja, das sagten Sie bereits.« Wolf saß auf einem ausladenden Sofa, das es so bequem nicht neu gegeben hätte, und betrachtete die Einrichtung des Zimmers, das Heiner ihm mit zur Gewohnheit gewordener Ironie als seinen »Salon« vorgestellt hatte.

»Und damit meine ich tatsächlichen Milchkaffee. Die meisten können doch einen Milchkaffee nicht von einem Espresso macchiato unterscheiden. Sie schütten irgendwelchen Kaffee mit irgendwelcher Milch zusammen und meinen, das sei mediterrane Lebensart. Wenn sie nicht sogar Schlagsahne hineinsprühen und es Cappuccino nennen. In Italien kommt man für so etwas ins Gefängnis. Zu Recht, wie ich meine.«

Durch die geöffnete Tür drang das harte Licht der Neonbeleuchtung aus der fensterlosen Küche. Das sanfte Licht des Salons dagegen wurde von den dunklen Bänden der Bibliothek gedämpft. Überall waren Bücher. Sie bevölkerten die Wände in deckenhohen, maßgefertigten offenen Regalen, sie lagen auf allen freien Flächen und in hohen Haufen auf dem Fußboden.

»Gerade solch flüchtige Freuden wie einen Kaffee muss man so zubereiten, als ob sie für die Ewigkeit wären. Heutzutage beeilen sich die Leute mit allem, als ob sie nicht früh genug zu ihrem eigenen Begräbnis kommen könnten.«

Wolf ließ einen unartikulierten Laut der Zustimmung vernehmen, obwohl er daran zweifelte, dass Heiner ihn in der Küche hören konnte. Heiner dagegen sprach sehr laut, und seine Stimme wurde von den kahlen Küchenwänden noch zurückgeworfen. Wolf konnte ihn akustisch gut verstehen. Aber er hörte ihm nicht sehr aufmerksam zu, da er sich in die Bücher zu vertiefen begonnen hatte.

»Es fängt natürlich mit den Bohnen an. Meiner Meinung nach ist es nicht so wichtig, wie viel Geld sie kosten. Es kommt mir auch nicht darauf an, hundert Prozent Arabica-Bohnen zu kaufen. Die Arabica sind immer etwas teurer, was nur daran liegt, dass sie im Vergleich zu den Robusta einen besseren Ruf genießen. Aber ich ziehe gute Qualität immer einem guten Ruf vor und mache keinen Unterschied beim Kaffee, wenn Sie verstehen, was ich meine. Natürlich sind die Arabica dunkler, aber das ist mir egal. Worauf es vor allem ankommt, ist der kleine Schaum auf dem Kaffee. Wir nennen ihn Crema, weil die Kunst des Kaffeebereitens hierzulande eine so unterentwickelte Kunst ist, dass wir noch nicht einmal über ein eigenes Wort dafür verfügen.«

Die Stille im Salon ließ ihn aufmerken. »Hören Sie mir überhaupt noch zu?«, fragte er plötzlich.

»Jaja«, rief Wolf, der gerade auf einer kleinen Leiter die weiter oben gelagerten Bestände in Heiners Regalen besichtigte.

»Sehr gut«, Heiner war zufrieden. »Sehen Sie, die Crema ist vergleichbar mit der Körpertemperatur des Menschen, für sich genommen unwichtig, aber von diagnostischem Wert. Die Crema zeigt an, in welchem Zustand sich der darunter liegende Kaffee befindet. Ist sie rehbraun, von ausreichender Dicke, und bedeckt sie den Kaffee für wenigstens eine Minute vollständig, ist alles in Ordnung. Ist sie zu hell, sandfarben oder heller, ist der Kaffee unterextrahiert. Dann sollte man die Bohnen feiner mahlen. Ist die Crema aber zu dunkel, etwa wie Zartbitterschokolade, kann man daran erkennen, dass der Kaffee zu stark extrahiert wurde. Der Schaum wird nach wenigen Sekunden nur noch eine Erinnerung am Tassenrand sein. Die Bitterstoffe kommen dann mit in die Tasse, und man sollte den Mahlgrad der Bohnen verringern.

Aber gehen wir davon aus, dass uns ein einigermaßen passabler Kaffee gelungen ist, so wie dieser in den Tassen vor mir, dann können wir uns um die Milch kümmern. Selbstverständlich kann man Milch nur mit Wasserdampf zubereiten. Wissen Sie, ich habe den Wackeltopf und den Quirl gesehen, und ich gebe zu, dass die Milch nach diesen Prozeduren schaumig war, aber es war nicht das Richtige, erzwungen, wie das Lächeln von Menschen mit Absichten.«

Heiners Bibliothek war beeindruckend. Sogar der Aufsatz von Eratosthenes über die Primzahlen auf Altgriechisch fand sich in einem Nachdruck aus dem neunzehnten Jahrhundert. Heiner verfügte über alle wichtigen Bücher. Wolf war auch sonst alles andere als ein langsamer Denker, jetzt aber rasten seine Gedanken förmlich. Dieser merkwürdige Mensch Heiner schien tatsächlich bedrückend nahe an einer äußerst unangenehmen Antwort zu sein.

»Meiner Meinung nach ist die Angelegenheit mit dem Milchschaum mindestens ebenso ernst zu nehmen wie der Kaffee an sich. Eine wichtige Voraussetzung ist das richtige Gefäß. Sie brauchen eine ausreichend große Kanne mit geraden Wänden, nehmen Sie keinesfalls eine dieser bauchigen Kannen, in den Rundungen geht jeder Effekt verloren. Lassen Sie zunächst das Kondenswasser aus der Dampfdüse, es ist nicht viel, verdünnt aber doch Ihr Getränk. Sie füllen das Gefäß zu höchstens einem Drittel, richten den Dampfstrahl auf die Milchoberfläche und sehen zu, dass der Dampf die Milch sanft wirbelnd bewegt. Wohlgemerkt, der Dampf. Ich habe schon so viele Menschen gesehen, die meinten, mit dem Milchgefäß unter dem Dampfstrahl herumwackeln zu müssen, was vollkommener Unsinn ist. Die Hände sind bei der Milchzubereitung nicht zum Wackeln da, sondern dazu, die perfekte Position zu finden und in dieser zu verharren. Die Position ist erkennbar an der nur durch den Dampf verursachten Bewegung der Milch und einem flüsternden Zischen. Genau dann ist der Dampfstrahl nämlich unmittelbar unter dem Schaum und über der Flüssigkeitsoberfläche. Er darf nicht dumpf brodeln und Blasen schlagen, dann ist er zu weit entfernt, und die Blasen halten sich nicht in der Tasse. Man sollte auch das gequälte Quietschen vermeiden, denn dann ist der Dampfstrahl zu tief in der Flüssigkeit, und es gibt keinen Schaum.« Heiner erzeugte die beschriebenen Geräusche parallel zur seinen Erläuterungen. Unvermittelt blieb es für einen kurzen Moment still in der Küche.

Wolf stand hinter Heiners Schreibtisch und studierte die Notizen. Er war beeindruckt von den Querverweisen, die Heiner sich erarbeitet hatte, von der Sicherheit, mit der er die Nebel des Getöses gelichtet und dahinter die still leuchtende Essenz der Wahrheit entdeckt hatte. Natürlich gab es inhaltlich noch viele amüsante Fehler in seinen Ausführungen, aber rein technisch arbeitete Heiner auf hohem Niveau. Über kurz oder lang würde es ihm gelingen, diese Fehler zu entdecken und auszumerzen. Kurzum, es schien Wolf in der Tat nicht ausgeschlossen, dass Heiner gelingen würde, was vor ihm noch keinem anderen Menschen gelungen war.

»Im Übrigen kann man fettarme Milch besser aufschäumen als normale Milch, ich sage das nur, weil ich schon die Meinung gehört habe, dass ein höherer Fettgehalt die Schaumbildung begünstige. Auch das ist Unsinn. Schaum entsteht aus dem Eiweiß, das ist bei der Milch so, ebenso wie beim Bier und übrigens auch beim Urin des Nierenkranken. Das Milchfett behindert eher die Schaumbildung, dennoch bin ich der Meinung, dass zu einem richtigen Kaffee auch richtige Milch gehört. Vielleicht geht das andere leichter, aber man kann ja auch nicht mit Stützrädern bei einem Radrennen mitfahren.

Genau in dem Moment jedenfalls, in dem die das Milchgefäß führende Hand wegen der hohen Temperatur nicht mehr ruhig am Milchgefäß anliegen kann, ist die Milch perfekt temperiert. Diese Methode ist besser als jedes Thermometer. Man gießt die Milch mit ein wenig Schwung in die Tasse und hat schließlich einen Milchkaffee, der diesen Namen auch verdient. Es gibt noch ein paar Spielchen, die man mit dem Verhältnis von Schaum und Milch anstellen kann, aber das ist unerheblich.«

Heiner betrat den Salon, betrachtete interessiert Wolf hinter dem Schreibtisch, stellte die Kaffeeschalen auf den Tisch und ging noch einmal zurück in die Küche. Wolf setzte sich auf seinen Platz auf dem Sofa, als Heiner den Kuchen auf einem Teller hereintrug.

Das Problem war, und da war sich Wolf mit dem Alten einig, dass kein Mensch mit der Antwort etwas anzufangen wissen würde. Für die Menschen war nur der Weg, niemals aber das Ziel auszuhalten. Deshalb liebten sie das Geld, von dem sie niemals zu viel haben konnten, viel mehr als ihre eigene Sicherheit. Deshalb liebten sie den Geschlechtsverkehr, von dem sie auch niemals genug haben konnten. Selbst mit einer ausreichenden Anzahl von Kindern und einem wunderbaren Partner erträumten sie sich immer noch mehr Sex. Und deshalb schließlich liebten sie die Frage, weil sie sich trotz aller Forschung und allen Nachsinnens, trotz aller Wissenschaft, Kunst und Philosophie der Antwort immer nur etwas angenähert, sie aber niemals erreicht hatten. Ehrlich gesagt handelte es sich dabei um eine Art Konstruktionsfehler, auch wenn der Alte natürlich nur sehr ungern davon hörte.

Es war Wolf und dem Alten bisher immer gelungen, die Menschen auf diesem Weg zu halten. Ihre Zeit war begrenzt, und die Zerstreuungen schienen unendlich, Erkenntnisse konnten stets vom Wesentlichen abgelenkt werden. Aber so unwahrscheinlich es auch war, dieser Stammgast des *Larifari* schien der Antwort nahe zu sein.

»Wollen Sie etwas Zucker in ihren Kaffee?«, fragte Heiner jetzt. »Ich finde, ein kleiner Hauch Zucker gehört hinein, nur zur Geschmacksentfaltung. Selbstverständlich sollten Sie aus dem Kaffee kein Bonbonwasser machen. Aber ein kleiner Hauch weißen Raffinadezuckers?«

Wolf nickte zerstreut. Tatsächlich schmeckte der Kaffee vollendet, und es war nur eine Frage der Zeit, bis Heiner darauf kommen würde, dass ein perfekter Kaffee natürlich auch ein wichtiger Teil vom Sinn des Lebens war. Würde aber er oder irgendjemand anders die ganze Antwort finden, wäre das fatal. Denn aufgrund des genannten Konstruktionsfehlers war es vorbestimmt, dass die Menschheit nach der Beantwortung der Frage nicht mehr lange existieren würde. Am Ziel angekommen, verlöre sie alles Interesse, funktionierte nicht mehr. Eine Ahnung davon erhielt jeder Mann ein paar Sekunden nach dem Geschlechtsakt, wenn ihm alles gleichgültig war, nichts mehr etwas wert zu sein schien. Dieser Zustand wurde von den Männern als angenehm empfunden, weil er so kurz war, so wie jede Unannehmlichkeit, die nur gerade lang genug anhält, um den Menschen an die Behaglichkeit seiner Existenz zu erinnern, genau wie die kalte Dusche oder der kurze Schmerz.

Bei den Frauen war das anders eingerichtet, weil doch zumindest theoretisch jeder Geschlechtsakt langfristige Konsequenzen haben konnte und daher das Ende des Aktes für sie ein weitaus weniger finales Ereignis war. Stattdessen konnte es ihnen passieren, in einen vergleichbaren Zustand nach der Geburt eines Kindes zu geraten, das war jedoch etwas so ungemein Endgültiges, dass die darauf folgende Empfindung von Empfindungslosigkeit viel langanhaltender war und keineswegs als angenehm empfunden wurde, sondern als tiefer Abgrund voll schwarzer Sinnleere.

Und doch war dies alles kein Vergleich zu dem Zustand, in dem sich die Menschheit nach Erlangung der Antwort befinden würde. So wie die, die alles besitzen, sich nur noch mit den abwegigsten Unternehmungen vergnügen können. So wie die, die in Sicherheit leben, ständig ihre Gesundheit in Gefahr zu bringen suchen. Die Antwort würde ihnen nicht helfen. Wie jede große Antwort, die sie vorher gefunden hatten, würde ihnen auch diese so simpel, allgegenwärtig und endgültig erscheinen, dass sie sich zu nichts mehr motivieren könnten. Jegliche Handlung wäre ihres Sinns beraubt, nun da sie im Besitz des größeren Ganzen waren. Und das war wohl der Kern des Konstruktionsfehlers: Niemand möchte etwas machen, das keinen Sinn ergibt, ein Charakterzug, der den Menschen von allen anderen Wesen unterschied.

Nun hätte sich Wolfs Anteilnahme für das Schicksal der Menschen eigentlich in Grenzen gehalten, so wie jedem bereitete ihm der Gegenstand seiner Arbeit am meisten Kopfzerbrechen, wie der Berufsalltag des Kellners im Wesentlichen durch die Gäste gestört wird oder der Schauspieler herrlich agieren könnte, wenn es nicht das unerträgliche Publikum gäbe. Aber schwierig wurde es für Wolf, weil es ohne die Menschen ihn selbst nicht mehr geben würde. Er wäre verzichtbar. Und wie dem Kellner das leere Restaurant widerstrebte dieser Gedanke Wolf erheblich.

»Wie kommen Sie mit Ihren Studien voran?«, fragte er Heiner in einem möglichst unverfänglichen Tonfall.

»Es geht«, gab Heiner mit einem Stirnrunzeln zurück. »Das Problem ist, dass es zu viele Ablenkungen gibt.«

»Ich wollte ohnehin nicht lange bleiben«, sagte Wolf und deutete seinen Aufbruch an.

»Nein, ich bitte Sie!«, beeilte sich Heiner. »Das hat doch mit Ihrem willkommenen Besuch überhaupt nichts zu tun. Bisweilen kann ich besonders gut in Gesellschaft denken. Ich spreche von den Ablenkungen in und aus mir selbst heraus.«

»Sie meinen Müdigkeit und solche Dinge?«

»Nein, das nicht. Ich bin der Auffassung, dass der Schlaf und der Hunger und der Durst und die Erschöpfung zu uns gehören. Sie bedingen das Ausgeruhtsein, die Leistungsfähigkeit und den Elan. Früher hatte ich Probleme, mich auszuruhen, aber das ist nicht mehr der Punkt. Nein, ich spreche von den Wogen des Unrats, die permanent in meine Welt hineinrauschen. Wissen Sie, es ist mir durchaus klar, dass es mir in früheren Zeiten kaum möglich gewesen wäre, solch beeindruckende Mengen Wissen anderer Leute in meiner Wohnung zu versammeln. Ich empfinde es bloß als fatal, dass es auf einem solchen Meer von Jauche zu mir geschwommen kommen muss.«

Wolf zog fragend seine buschigen Augenbrauen hoch.

»Natürlich brauche ich den Newton und den Kopernikus, aber auf dem Weg dorthin erfahre ich einiges über den Bauchnabel einer gänzlich unbedeutenden Sängerin. Selbstverständlich muss ich den Talmud lesen, aber zuvor scheint es unvermeidbar, lächerlich unzureichende Vorschläge von Politikern über den Orient aufzunehmen. Politische Lösung, dass ich nicht lache! Gäbe es ein Lexikon der Kontradiktionen, so sollte diese einen Ehrenplatz darin einnehmen.

Es ist die Kontamination, die mich bedrückt. Wenn ich in den Buchladen gehe, liegen dort Hunderte von unwichtigen Büchern, die in bunten Farben nach Aufmerksamkeit schreien. Ich nehme sie in die Hand, schaue hinein, kaufe vielleicht aus Mitleid ein paar und lese womöglich sogar eins davon.

Im Internet gibt es noch tausendmal mehr Ablenkungen. Dasselbe natürlich in Radio, Fernsehen und Zeitung. Ich weiß, dass ich Wichtigeres vorhabe, ich weiß, dass das alles nur Ablenkung ist, und doch kann ich mich nicht dazu bringen, mich richtig zu konzentrieren.

Stellen Sie sich vor, ich habe schon ganze Weltmeisterschaften irgendwelcher Sportarten im Fernsehen angesehen. Wozu? In der Sekunde des Spielendes interessierte mich das Ergebnis nicht mehr. Hätte mich das Ergebnis interessiert, hätte ich es überall abrufen können, ohne mir das langwierige Spiel zur Gänze anzusehen. Oder Nachrichten, ich kann es nicht lassen. Nahezu täglich konsumiere ich irgendwelche Nachrichten. Wozu, frage ich mich selbst mehr als Sie.«

»Es lenkt Sie ab«, stellte Wolf nüchtern fest.

»Ungeheuer«, seufzte Heiner. »Ich habe schon alles probiert. Eine Zeit lang hatte ich mal keinen Fernseher, aber selbst das hat nichts geholfen. Ich brauchte den Computer, um meine Bücher zu bestellen, und bemerkte sehr schnell, wie ich immer länger im Internet herumschaute, um den Verlust des Fernsehers zu kompensieren. Sogar im *Larifari* starrte ich nur noch auf den kleinen Bildschirm über dem Schnapsregal und ertappte mich dabei, wie ich immer früher dorthin ging, nur wegen dieses kleinen, dreckigen Apparats. Das, was der Alkohol nie geschafft hatte, wäre damals beinahe dem

Fernseher gelungen. Ich bin zu der Überzeugung gekommen, dass es nur zu einem Teil an mir liegt, zum größeren Teil aber liegt mein Problem schlicht darin, dass all diese Informationen vorhanden sind. Nur weil es sie gibt, muss ich sie haben.«

Wenn du wüsstest, wie recht du hast, dachte Wolf grimmig. »Es ist interessant, was Sie da sagen«, sagte er laut.

»Das ist wahrlich nichts Neues. Seit Jahrhunderten haben die Menschen das Gefühl, dass sich ihre Welt immer schneller dreht. ›Veluziferisch‹ ist ein mehr als zweihundert Jahre altes Wort, das ich in einem meiner Bücher dafür gefunden habe. Und immer nimmt man an, jetzt könne es nicht mehr schneller gehen. Ich habe eine Theorie, warum wir inzwischen aber tatsächlich den Höhepunkt erreicht, vermutlich sogar schon überschritten haben. Eine der Grundlagen der Relativitätstheorie ist ja, dass die Lichtgeschwindigkeit die höchste Geschwindigkeit im Universum ist. Nichts ist schneller als das Licht. In der Speziellen Relativitätstheorie führt Einstein aus, dass ein Gegenstand, der sich mit dieser Geschwindigkeit bewegt, kürzer wird. Der Anfang und das Ende des Gegenstandes nähern sich einander durch die hohe Geschwindigkeit an. Mich hat immer sehr amüsiert, dass man theoretisch einen Baumstamm mit Lichtgeschwindigkeit in einen Raum tragen könnte und der Stamm nach einer abrupten Bremsung wieder seine

Normalgröße annehmen und den ganzen Raum auseinandersprengen würde.

Ich möchte vorschlagen, diese Theorie auch auf den Austausch von Informationen anzuwenden. Schließlich werden heute ungeheuer viele Daten elektronisch, mithin mit Lichtgeschwindigkeit, ausgetauscht. Möglicherweise verringert sich dadurch die Menge der tatsächlich ausgetauschten Information, genau wie der Baumstamm sich verkürzt. Nur dass kein Anhalten, keine Verlangsamung abzusehen ist. Verstehen Sie, wie ich das meine?«

»Ja«, nickte Wolf. »Und ich habe vielleicht sogar eine Lösung für Sie.«

»Wie bitte?« Heiner war ehrlich verwundert. »Sie nehmen mich wohl nicht ernst? Ich bin enttäuscht, weil ich dachte, wenigstens Ihnen könnte ich meine Gedanken anvertrauen.« Er war von seinem Stuhl aufgestanden und lief verärgert im Zimmer umher.

»Lieber Freund«, versuchte Wolf ihn zu beruhigen. »Ich will Sie keineswegs verärgern. Ganz im Gegenteil. Ich meine es todernst. Möglicherweise habe ich eine Lösung für Ihr Problem.«

»Wie sollte das gehen?«

»Hören Sie, jetzt kommt der Moment, der immer schwerfällt«, begann Wolf. »Sie müssen im Lauf Ihrer Studien von meinem Unternehmen gehört haben. Ich will Ihnen nichts vormachen: Wir haben einen sehr schlechten Ruf, unsere Dienstleistungen werden weltweit verteufelt, und dennoch erfreuen wir uns seit Ewigkeiten großer Beliebtheit bei fast allen unseren Kunden. Und wenn ich sage, dass ich Ihnen die Lösung Ihres Problems anbieten könnte, dann ist das die nackte Wahrheit.«

Heiner war stehen geblieben und starrte seinen Besucher ungläubig an. Wolf war dezent und elegant gekleidet, er wirkte freundlich. Er roch nach einem angenehmen Herrenduft, der das unvermeidliche Moschus, aber auch erfreuliche Noten von Jasmin beinhaltete. Was wollte Wolf ihm sagen?

»Ja, Sie haben recht«, ermutigte ihn Wolf. »Denken Sie Ihren Gedanken ruhig zu Ende, sie liegen vollkommen richtig. Und bitte enttäuschen Sie mich nicht. Wenn Sie Ihre Studien auch nur mit ein wenig Sorgfalt betrieben haben, dann können Sie nicht daran zweifeln, dass es mein Unternehmen gibt. Selbstverständlich gehen wir mit der Zeit, was unser Auftreten anbelangt. Stellen Sie sich vor, wir würden heutzutage in Schwefelwolken mit Feuerzauber auftreten. Wir würden uns lächerlich machen.«

»Unglaublich.« Heiner flüsterte mehr, als dass er sprach.

»Ja, am Anfang sagen das alle.«

»Und was haben Sie mir anzubieten?«

»Die Lösung Ihres Problems«, sagte Wolf noch einmal. »Ich bringe Sie mit allem, was Sie brauchen, an einen Ort, an dem es keine Ablenkung gibt. Nichts wird Sie dort von Ihrer Arbeit abhalten, und Sie werden alles finden, was Sie sich wünschen.«

»Umzüge sind tausendmal schlimmer als Besuche. Schon häufig habe ich darüber nachgedacht, bin aber immer wieder vor diesem Schritt zurückgeschreckt. Die ganze Aufregung, die Organisation und der schreckliche Moment, in dem alle persönlichen Dinge auf dem Lastwagen liegen und wie Müll aussehen. Nein, einen Umzug halte ich niemals aus.«

»Wenn ich von einer Lösung spreche, dann meine ich das in einem umfassenden Sinn. Sie werden natürlich keinerlei Unannehmlichkeiten haben, darauf mein Wort.«

»Und was verlangen Sie im Gegenzug?«

»Ich bitte Sie!« Wolf war enttäuscht. »Eine solche Frage von einem gebildeten Mann wie Ihnen! Sie kennen doch den üblichen Preis. Sagen wir es so: Unsere Dienstleistungen sind so kostspielig, dass sie nur über einen Kredit finanzierbar sind, dessen Tilgung wir aber immerhin lebenslang aussetzen.«

Heiner war nachdenklich in seinem Sessel zusammengesunken.

»Sicher müssen Sie erst einmal darüber nachdenken?«, erkundigte sich Wolf.

»Ja.«

»Ich würde mich dann bei Gelegenheit wieder melden?«

»Ja.«
»Also dann, bis bald.«
»Ja.«

Unter normalen Umständen hätte Heiner niemals zugelassen, dass sein Kaffee in der Schale vor ihm erkaltete. Heiner lehnte die Bezeichnung »kalter Kaffee« ab, weil er davon überzeugt war, dass sich Kaffee unterhalb einer bestimmten Temperatur in etwas völlig anderes verwandelte und nichts mehr mit seinem Lieblingsgetränk zu tun hatte, eine Aggregatszustandsänderung, die nicht einfach mit einer Temperatur zu beschreiben war, ähnlich wie es kein »heißes Eis« und keinen »gefrorenen Dampf« gab. Aber die vorliegenden Umstände als normal zu bezeichnen, wäre mit Sicherheit eine Untertreibung gewesen.

Neuntes Kapitel: **Das Geschäft**

»Sagen Sie, hat irgendwann schon einmal jemand abgelehnt?«, fragte Heiner. Es wunderte ihn nicht, dass Wolf just in dem Moment in seiner Wohnung vor ihm stand, in dem Heiner ans Ende seiner Überlegungen gelangt war. Warum sollte sich Wolf noch irgendeinen Anschein geben? Heiner bedauerte das durchaus, weil er der Meinung war, dass das Bemühen um den eigenen Anschein eine maßgebliche Triebfeder der Zivilisierung des Menschen war, und er konnte zahlreiche Beispiele aufzählen, wo das Fehlen dieser Bemühung zu einem sofortigen Rückfall in primitive Verhaltensweisen geführt hatte. Auch war er der Überzeugung, dass das stete Bemühen um den Anschein schließlich sogar eine Veränderung des tatsächlichen Seins bewirkte. Der Mensch besserte sich irgendwann allein dadurch, dass er sich stetig bemühte, besser auszusehen, woraufhin die Messlatte ein Stück nach oben verschoben wurde. Daher war Heiner ein großer Freund des Anscheins und der förmlichen Anrede, ein Gegner von Lässigkeit und Selbstfindung, weil er davon überzeugt war, dass jeder Mensch im tiefsten Inneren ein triebgesteuertes Tier ohne Werte und Normen war. Heiner hatte die Hoffnung, dass möglichst wenige Menschen sich selbst fanden.

»Tausende«, antwortete Wolf. »Eigentlich haben alle zunächst abgelehnt. In der Regel werde ich empört zurückgewiesen. Jeder lehnt mich ab. Aber dennoch habe ich eine Abschlussquote von hundert Prozent.«

»Das dachte ich mir.«

»Ach wissen Sie, die meisten denken nicht weiter als bis zur nächsten Mahlzeit. Da ist die Frage, wie es nach dem Leben weitergeht, vollkommen abstrakt. Das Problem ist einfach viel zu weit weg. Die meisten gehen davon aus, dass ihnen dann schon etwas einfallen wird.«

»Und, ist es so?«

»Dazu darf ich nichts sagen, da herrscht absolute Schweigepflicht. Das würde hier nur alles durcheinanderbringen.«

»Ändert sich der Mensch denn?«, fragte Heiner.

»Absolut ist absolut, lieber Freund.« Wolf lächelte. »Jedenfalls kann ich Ihnen versichern, dass wir immer zu tun haben. Weil, wissen Sie, dieser alberne Satz: ›Es gibt nichts Gutes, außer man tut es‹ trifft doch nur auf das Gegenteil des Guten zu. Sie kennen diese alten Regeln, Moses 2.20. Sieben von zehn sprechen von Dingen, die man nicht tun darf, und sonst geht es darum, an einem Tag der

Woche nicht zu arbeiten. Aber das Böse in Gedanken ist nicht einmal das. Wir sind es, die stets handeln müssen.«

»Jedenfalls«, wich Heiner aus, »habe ich mir überlegt, dass ich auf Ihr Angebot eingehen möchte. Mein erster Impuls war natürlich auch, es abzulehnen, aber dann dachte ich an mein Projekt und dass es nur eine Frage der Zeit ist, bis ich damit wieder an meine Grenzen stoße. Früher musste ich das hinnehmen, es wieder und wieder versuchen, durchhalten. Aber ab sofort würde ich nun immerzu an Ihr verlockendes Angebot denken müssen und wäre jedes Mal verführt, darauf einzugehen, bis ich irgendwann einmal schwach genug wäre zuzustimmen. Die Zeit bis dahin allerdings hätte ich zu großen Teilen verschenkt, und deshalb kann ich auch jetzt schon einwilligen. Ich gewinne Zeit, die ich doch so dringend brauche.«

»Sie sind ein äußerst sachlich denkender Mensch«, sagte Wolf sichtlich erfreut. »Ein Umstand, der bei Ihrem Unternehmen zweifellos sehr hilfreich ist. Dann ist es sicher in Ihrem Sinne, wenn wir sofort zu den Details übergehen?«

»Natürlich«, pflichtete Heiner bei. »Sie verstehen, dass ich alle meine Bücher von hier benötige?«

Wolf nickte.

»Und ich brauche natürlich immer ausreichend Nahrung, meine Umgebung muss wohltemperiert sein, und es reicht nicht aus, dass Sie mich in irgendein fremdes Land verfrachten, dessen Sprache ich nicht spreche. Ich sagte Ihnen bereits, solange die störenden Informationen auch nur existieren, kann ich mich nicht konzentrieren. Und natürlich möchte ich nicht durch eine Krankheit oder dergleichen an meiner Arbeit gehindert werden. Ich möchte ungestört sein.«

Wolf nickte erneut. »Ich glaube, Sie fürchten sich zu sehr vor irgendetwas Kleingedrucktem, etwas, das Sie übersehen könnten. Aber ich bin kein böser Mensch. Für den Preis, den Sie zahlen, bin ich gern bereit, Ihnen Ihren Wunsch vollständig zu erfüllen. Es würde mich betrüben, wenn Sie krank werden, hungern oder frieren würden. Warum sollte ich so mit meinen Kunden umspringen? Schließlich habe ich einen Ruf zu verlieren, ob Sie es glauben oder nicht.«

Heiner nickte nachdenklich. »Aber es gibt einen Haken, oder? Irgendeinen Haken gibt es doch immer.«

»Natürlich«, bestätigte Wolf leichthin. »Ich erfülle Ihnen jeden Wunsch, den Sie zu bezahlen imstande sind. Folglich kann es nur einen Wunsch geben, denn mehr können Sie nicht bezahlen.«

»Ich verstehe«, sagte Heiner.

Zehntes Kapitel: **Das Haus, die Bewohner, die Zeit**

Angesichts der Tragweite seiner Entscheidung empfand Heiner es als ein wenig enttäuschend, sich ohne Knall, Feuer oder Rauch bereits im nächsten Augenblick zusammen mit Wolf inmitten seiner Bücher in einem völlig fremden Zimmer zu befinden. Er sah sich kurz um. Der Raum war langgezogen, die Wände wurden von hohen Bücherregalen aus Eichenholz dominiert. An einem der schmalen Enden des Raums befand sich eine Holztür, gegenüber stand unter einem Fenster sein Schreibtisch. Ein sehr gemütliches Zimmer, das erfreulich unmodern wirkte, wie Heiner sofort bemerkte.

»Das ist es«, sagte Wolf. »Wenn es ein Problem gibt, rufen Sie mich einfach.«

»Gut, vielen Dank«, antwortete Heiner abwesend, denn verständlicherweise war er von seiner neuen Umgebung abgelenkt.

»Nichts zu danken«, sagte Wolf, lächelte und verschwand.

Heiner schaute sich intensiver um. An den aus

Naturstein gemauerten Wänden hingen dort, wo kein Bücherregal stand, dicke Teppiche. Auch der steinerne Fußboden war mit Teppichen ausgelegt, sicherlich Maßnahmen zur Wärmeisolierung. Ein Holzbett stand in der Nähe des Schreibtischs an der Wand. Das einzige Fenster war klein und blickte auf ein waldiges Tal. Den Schreibtisch fand Heiner tadellos ausgestattet vor, mit bestem Papier und ausreichend Stiften. Strom schien es nicht zu geben, wie er überrascht, aber nicht unfroh bemerkte. Darum gab es auch keinen Computer, keinen Fernseher, nicht einmal elektrisches Licht. Im Zimmer standen drei alte Öllampen aus Blech.

So geht es natürlich auch, dachte Heiner. Er versetzt mich einfach in irgendein Landhaus ohne Strom. Aber Heiner war nicht unzufrieden, ganz und gar nicht. Nach der geräuschlosen Rochade in diese Umgebung, hatte Heiner keinen Grund, an Wolfs Fähigkeiten zu zweifeln. Und sollte es ihm wie versprochen an nichts fehlen, war das die einmalige Gelegenheit, in Ruhe seine Arbeit fortzuführen.

Er setzte sich an den Schreibtisch und blätterte in seinen Notizen. Die Frage, wo er war, beschäftigte ihn. Es hielt Heiner nicht lange auf seinem Stuhl. Er wollte doch wenigstens ein Gefühl davon bekommen, was sich hinter der Tür befand. Wer weiß, was da draußen war. Und noch etwas beschäftigte ihn: Wie würde Wolf seine Verpflegung regeln?

Heiner öffnete die Tür zu einem dunklen Flur. Er hörte gedämpfte Geräusche aus einer anderen Ecke des Hauses und folgte ihnen, es roch nach gekochten Kartoffeln und Kohl. So kam er in die Küche. Dort stand eine ältere Frau in altertümlicher Kleidung, die auf offenem Feuer etwas kochte. »Guten Tag, der Herr«, sagte sie mit fränkischem Akzent und einer angedeuteten Verbeugung. Sie schien in keiner Weise verwundert, ihn zu sehen.

»Guten Tag«, erwiderte Heiner verwirrt den Gruß, drehte sich um und eilte in sein Zimmer zurück. Seine Gedanken rasten. Ein Haus ohne Strom. Eine Frau, die in altertümlicher Bekleidung auf offener Flamme Suppe kochte. Ein Ort ohne Ablenkungen. Verzweifelt blickte er in der Hoffnung aus dem Fenster, dort eine Überlandleitung, einen Sendemast oder irgendetwas anderes zu entdecken, das aus seiner Zeit stammte. Er untersuchte sein Türschloss auf Spuren maschineller Herstellung, eine Prägung, ein Firmenzeichen. Sie veranstalteten doch diese Fernsehsendungen über das Leben in früheren Zeiten, vielleicht gab es jetzt auch solche Herbergen? Der Gedanke, der sich ihm eigentlich aufdrängte, war so ungeheuerlich, dass Heiner ihn einfach nicht denken wollte. War es möglich? Er und Wolf hatten immer nur von einem Ort gesprochen, an dem Heiner seine Studien in Ruhe fortsetzen konnte. Aber über die zweite große Achse des kosmischen Seins hatten sie nicht gesprochen, die Zeit war für Heiner keine beeinflussbare Größe gewesen. Aber für Wolf und sein Unternehmen mochte das anders sein.

»Wolf?«, rief Heiner schließlich zaghaft in sein Studierzimmer hinein, und er stand augenblicklich vor ihm.

»Ich dachte mir schon, dass Sie mich gleich noch etwas fragen würden, das ist üblich. Was gibt es?«

»Wo bin ich?«

»An einem Ort, an dem Sie ohne Ablenkung Ihre Studien treiben können, wie vereinbart.«

»Ja, aber wo liegt dieser Ort?«

»Es ist ein Haus im Fränkischen, es gibt sogar eine Dienstmagd, wie Ihnen schon aufgefallen sein wird.«

»Und in welcher Zeit befinden wir uns?« Heiner stellte die Frage zögerlich.

»Immer interessieren sich die Menschen für diesen Unsinn. Die Zeit ist für mich nie von Belang gewesen. In jedem Fall befinden wir uns im fünfzehnten Jahrhundert«, sagte Wolf etwas hochmütig.

»Und warum?« Heiner konnte nicht verhindern, dass sich sein Atem beschleunigte.

»Was meinen Sie?«

»Warum befinde ich mich im fünfzehnten und nicht in meinem eigenen Jahrhundert?«

»Also erstens gehört keinem Menschen irgendein Jahrhundert, und zweitens habe ich mich bemüht, Ihren Wunsch so umfassend wie möglich zu erfüllen. Hier an diesem Ort können Sie Ihre Studien so intensiv und in aller Ruhe fortsetzen, wie Sie sich das schon seit Jahren wünschen. Radio, Fernsehen, Computer, das alles gibt es hier nicht. Und es ist fast ein Ding der Unmöglichkeit, hier an eine Zeitung zu kommen. Nichts kann Sie also ablenken. Sie werden hier sitzen und arbeiten können.«

Heiner hatte sich setzen müssen. Er schwieg.

»Haben Sie noch Fragen?«, wollte Wolf etwas ungeduldig wissen.

Heiner überlegte, schüttelte dann aber langsam den Kopf.

»Gut. Wenn es etwas gibt, dann rufen Sie mich einfach. Sie wissen ja, wie das geht«, sagte Wolf und verschwand.

Verdammt, was hatte dieser Schurke sich da für ihn ausgedacht. Möglicherweise würde er nun seine Studien zu Ende führen können, aber niemals würde er die Möglichkeit haben, seine Ergebnisse so zu veröffentlichen, wie ihm das vorgeschwebt hatte. Unausgesprochen hatte er immer davon geträumt, die große Antwort zu finden und sie dann der gesamten Menschheit zugänglich zu machen. Aber wie sollte ihm das hier gelingen?

Der Mensch, dachte Heiner, ist ein seltsames Wesen. Ist ihm kalt, wünscht er sich die Wärme, bekommt er die, verlangt es ihn bald nach Abkühlung. Hat er Arbeit, wünscht er sich Freizeit, die er dann mit sinnloser Tätigkeit ausfüllt, um sich schließlich nach Arbeit zurückzusehnen. Ist er allein, wünscht er sich Freunde, mit dem ersten Freund beginnen die Probleme, und er wünscht sich, allein zu sein. Ist er krank, wünscht er sich, gesund zu sein, ist er jedoch immerzu gesund, beginnt er, seine Gesundheit durch allerlei ungesundes Verhalten aufs Spiel zu setzen.

Zwei Pole, dachte Heiner. Was war der Pol, von dem er gekommen war? Er hatte sich Ruhe gewünscht, nichts als konzentriertes Arbeiten ohne jegliche Ablenkung, die ihm vor allem über die Medien ins Haus gebracht wurde. Also war es am wahrscheinlichsten, dass er sich zum Zeitpunkt seines Wunschs genau am entgegengesetzten Pol aufgehalten hatte. Da er körperlich gesund, unabhängig und emotional ungebunden war, hatten nicht so sehr Informationen, als vielmehr deren absolute Verfügbarkeit sein Leben bestimmt. Heiner hatte sich in einem Meer verfügbarer Information bewegt, aus dem er sich die dicksten Fische herausgeangelt zu haben glaubte. Jetzt war er, dem eigenem Wunsch gemäß, mit seinem Fang in einer Informationswüste gestrandet. Ärgerlich war nur, dass er die Absicht verfolgt hatte, am Schluss der Arbeit seinen Tropfen in das eben erwähnte Meer zu geben, um zu beobachten, welche Verfärbungen sich ergaben, wie kurzlebig sie auch sein mochten. Aber hier, in der Wüste, würde jede Erkenntnis nur versickern und seiner Arbeit den Sinn rauben.

Über diese Konsequenz seines Wunschs hatte er

ebenso wenig nachgedacht wie der Einsiedler, der dem ersten Fremden seine Hand zum Gruß entgegenstreckt. Er war am richtigen Ort und hatte genügend Zeit, nur leider war es das falsche Jahrhundert. Und der Haken, von dem Wolf gesprochen hatte, der Heiner so unwesentlich vorgekommen war, erwies sich nun als fundamental.

Er würde niemals mehr von hier wegkommen.

Die nächsten Tage verbrachte Heiner im Wesentlichen im Bett. War er wach, fühlte er sich elend. Nur wenn er schlief, vergaß er sein Dilemma. Die Dienstmagd, Frau Ransauer, brachte ihm ab und zu etwas zu essen, gelegentlich besuchte er die Toilette auf dem Hof. Ansonsten konzentrierte er sich auf seine Niedergeschlagenheit. Wenn zu viel Sonne durch das Fenster schien, steckte Heiner manchmal sogar den Kopf unter die Daunendecke und hörte sich beim Atmen zu. Oft lag er wach in den früher so geschätzten Stunden der Nacht, in absoluter Dunkelheit und absoluter Stille. »Nachtstill« war ein Wort, das er gelesen hatte und das er erst jetzt richtig verstand. Die Maschinen fehlten. Nirgendwo rauschte ein Heizungsrohr, keine Uhr tickte, kein Auto fuhr auf der Straße vorbei. Diese Stille war nicht mehr befreiend und beruhigend, diese Stille hing wie ein eiserner Mantel um seine Schultern und erinnerte ihn an die Vollkommenheit seiner Einsamkeit. Er sehnte den Tag herbei, wenn er auch nichts damit anzufangen wusste.

Nach sechs Tagen schließlich fiel Heiner in einen Schlaf, dessen Dauer und Erholsamkeit ihn selbst überraschte. Am nächsten Morgen wachte er zu Lerchengesang auf. Es musste gegen sieben Uhr morgens sein. Sein Bett roch mittlerweile ebenso muffig wie sein Nachthemd, und er beschloss, keinen Moment länger liegen zu bleiben. Er öffnete das Fenster, breitete Bettzeug und Nachhemd zum Lüften aus, zog sich Unterwäsche an und ging hinaus an die Pumpe, wo er sich gründlich mit dem eiskalten Wasser wusch. Zurück in seinem Zimmer kleidete er sich vollständig an und setzte sich an den Schreibtisch.

Heiner hatte den Entschluss gefasst, seine Arbeit zu beenden. Nach seiner mehrtägigen Bedenkzeit war dies die einzige Konsequenz, die er aus seiner Lage ziehen konnte. Es war sinnlos, im Bett zu schmollen, insbesondere wenn niemand außer Frau Ransauer, der es offensichtlich absolut gleichgültig war, ihn dabei sah. Das Einzige, was er tun konnte, war, zumindest den Versuch zu unternehmen, seine Arbeit zu beenden.

Eine direkte Auseinandersetzung mit Wolf schätzte Heiner als aussichtslos ein. Immerhin hatte Heiner ihm freiwillig, ja fast achtlos sein Leben vor die Füße geworfen. Er hatte keinen Grund zu der Annahme, dass er im Rahmen einer Nachverhandlung ein wesentlich anderes Ergebnis erzielen würde. Nur die Arbeit konnte ihn retten, die war der einzige Sieg, den Heiner noch davontragen konnte. Er würde die Arbeit beenden und das Ergebnis in einem stabilen Behältnis im Boden einer großen Kirche der Gegend verstecken. Vielleicht wäre das eine Chance für Heiner, doch noch sein Ziel zu erreichen. Unwahrscheinlichere Dinge waren damals in seiner Zeit passiert, warum sollte man nicht eines Tages eine Kiste unter den Steinplatten eines Münsters entdecken?

Voller Elan öffnete Heiner sein Manuskript und breitete sorgfältig die Bücher um sich herum aus, an denen er noch vor wenigen Tagen, die so unendlich weit entfernt schienen, gearbeitet hatte.

Elftes Kapitel: **Zwei Männer, ein Gedanke**

Heiner kam voran. Wenn auch nicht in jenem Tempo, das er sich in seinen neuzeitlichen wie auch nächtlichen Abschweifungen erträumt hatte. Die Abschweifungen hier bestanden natürlich vor allem in Gedanken, die er über seine aberwitzige Lage anstellte. Ihm war noch nicht klar, ob und wie er diese Erfahrung in seine Arbeit einfließen lassen konnte oder ob sie nur eine Nebensächlichkeit seiner individuellen Situation war. Letzteres wäre eine Zutat, die er unter allen Umständen aus seiner Rezeptur heraushalten wollte, denn er hatte im Lauf seiner Studien Verachtung für solche Art von Subjektivität entwickelt. Viele Autoren notierten nahezu vollendete Gedanken zur Fortentwicklung der Menschheit, um sie dann durch Banalitäten, Rachephantasien und Schwärmereien zu beflecken, die nichts mit wissenschaftlichem Denken zu tun hatten, sondern ausschließlich im Lebenslauf der Autoren wurzelten. In die klügsten Gedanken über Sexualität mischte sich zum Beispiel Verbitterung über persönliche Zurückweisungen des Autors, interessante nationalökonomische Ausführungen verliefen sich unvermittelt in Phantasien über die Kraft von Liebe und Versöhnung.

Heiner wollte nicht in diese Falle gehen. Dennoch fragte er sich mit einiger Ernsthaftigkeit, ob die persönliche Erfahrung einer Zeitreise nicht doch eine objektiv wichtige Erfahrung darstellen könnte. Da er bezüglich dieser Entscheidung lange unentschlossen blieb, war dieses Thema eine tägliche Zerstreuung, die ihm jedoch angesichts der gänzlichen Abwesenheit anderer Zerstreuungen nicht unwillkommen war. Heiner vermisste nicht die Zerstreuungen selbst, aber er vermisste gelegentlich die Verfügbarkeit dieser Ablenkungen. Er wollte nicht in den Computer oder das Fernsehprogramm schauen, aber er vermisste sozusagen den Atem dieser Dinge in seinem Nacken und seine Willensanstrengung, diese Dinge nicht zu tun, und damit den stillen, inspirierenden Sieg seiner Vernunft.

Hier draußen blieb ihm nichts anderes übrig, als zu arbeiten.

Heiner vermisste sogar den Kontakt zu Menschen, den er vorher so sorgfältig vermieden hatte. Genau genommen vermisste er nicht den Kontakt selbst, sondern die bloße Möglichkeit solcher Begegnungen. Er spürte die Stille vor seiner Tür, die Summe dessen, was nicht da war, als Verlust. Frau Ransauer zählte da nicht. Sie war eine wenig gesprächsfreudige Frau, bei der sich eine vermutlich naturgegebene Wortkargheit, erkennbare Jahre schwerer körperlicher Arbeit und der Unterschied in ihrer sozialen Stellung zu einer Art Schweigegelübde gegenüber Heiner fügten. Sprach er sie an, antwortete sie ihm knapp und fuhr dann in ihrer Tätigkeit fort. Es gelang ihm nicht, ein Gespräch mit ihr in Gang zu bringen, das über einfache Sachfragen hinausging. Ob die Ransauer tatsächlich nicht viel nachdachte oder nur nicht mit ihm sprach, blieb für Heiner unergründlich.

So begann Heiner mit den Autoren seiner Bücher in etwas, das er Semilog nannte, zu treten. Er stellte Fragen, erörterte Standpunkte machte Ausführungen, um danach auf die angenommenen Erwiderungen seiner Gesprächspartner zu antworten.

Beim Ankleiden oder Wasserholen sagte er Sachen wie: »Wie bist du ausgerechnet auf die Lichtgeschwindigkeit gekommen? Wie bist du darauf gekommen, ein funktionierendes System in diese Achterbahn zu stecken und zu beweisen, dass es dort nicht funktioniert, und dich nebenbei noch mit allen Physikern der Zeit anzulegen?«

»Hybris? Es war anfänglich pure Hybris und Frechheit? Ha, das habe ich mir doch gedacht! Ich war immer der Meinung, dass die Rolle der Frechheit, die Rolle des Löckens wider den Stachel für die Entwicklung der Menschheit nie ausreichend gewürdigt worden ist.« Auf diese Weise redete er den ganzen Tag mit Einstein, Goethe und Vesalius, manchmal moderierte er sogar ganze Gesprächsrunden.

Angewiesen auf das Tageslicht stand Heiner früh auf, seine Mahlzeiten nahm er still und zügig zu sich. Abgesehen vom Wechselspiel der Jahreszeiten und gelegentlichen, nicht erwähnenswerten Launen der Natur gab es keine Ablenkungen von seiner Arbeit. Selbst wenn er am Brunnen Wasser holte oder sich erleichterte, ging es gut voran, weil er dann gerne die Gespräche mit den Gelehrten führte, die ihn häufig auf gute Ideen brachten. Immer der, dessen Buch er gerade aus der Hand gelegt hatte, stand verständlicherweise im Zentrum seiner Aufmerksamkeit, und dann lud Heiner andere Autoren zu dem Gespräch und kehrte nicht selten beschwingt an den Schreibtisch zurück.

Sein Manuskript war zu einem beachtlichen Berg aus Blättern angewachsen. Anders als früher bedrückte ihn das Gefühl nicht mehr, dass er die unteren Blätter des Berges kaum mehr kannte. Die kontinuierliche, ablenkungsfreie Arbeit ließ ihn sich wie ein Fisch im klaren Wasser seines Textes bewegen. Irgendwann würde er das Manuskript kürzen müssen, aber dieser Punkt seiner Arbeit war noch nicht gekommen, und Heiner ging davon aus, dass sich ihm der richtige Moment dafür selbst präsentieren würde.

So empfand er eine große Zufriedenheit über seine Arbeit. Und doch konnte nicht davon die Rede sein, dass er ein glückliches oder auch nur zufriedenes Leben führte. Die Dämonen kamen, sobald sich die Sonne rot färbte. Bei Kerzenlicht konnte er nur sehr schlecht arbeiten, und er befürchtete außerdem eine Beschädigung seiner Werke durch das offene Feuer. Es hätte Wolf sicher gefallen, wenn er seine unersetzlichen Bücher und Manuskriptseiten durch eigenes Verschulden vernichtet hätte, denn viele seiner Bücher würden erst in ein paar Hundert Jahren geschrieben werden.

Heiner nahm an, dass er schon aus diesem Grund hier draußen leben musste, da er sonst vermutlich so etwas wie Unebenheiten im Raum-Zeit-Kontinuum verursacht hätte. Mehr als einmal hatte er sich schon gewundert, dass er nicht einmal den Wunsch verspürte, sich in die nächstgelegene Stadt aufzumachen. Aber das war wohl ein notwendiger Teil des Arrangements. Wenn er Wolf richtig einschätzte, verstand der sich wie kein anderer auf menschliche Triebe und Wünsche. Möglicherweise hatte Wolf ihm die meisten davon genommen, ebenso wahrscheinlich war es, dass Wolf einfach aufgehört hatte, ihm neue einzugeben, denn wozu sollte er sich bei Heiner noch die Mühe machen, ihn mit Sehnsüchten oder Wünschen zu verführen, da er doch sein Ziel schon erreicht hatte.

Heiners einzige Gedanken, die nichts mit seiner Forschung zu tun hatten, drehten sich um Frau Ransauer. Wer war diese Person, wenn es sich überhaupt um eine Person im herkömmlichen Sinne handelte? Warum verursachte sein Kontakt zu ihr keine Unebenheit im Raum-Zeit-Kontinuum? Wenn sie Wolfs Mitarbeiterin war, konnte sie ebenso gut mit ihm sprechen und ihre Haushaltspflichten auf weniger mühevolle Weise erfüllen. Heiner vermutete aber, dass Wolfs Mitarbeiterinnen besser aussahen. Wenn Frau Ransauer (er kannte nicht einmal ihren Vornamen) jedoch ein normales menschliches Wesen war, wieso wunderte sie sich dann nicht über Heiner? Warum bereitete ihr es kein Problem, ihn zu sehen und hin und wieder sogar ein paar Worte mit ihm zu wechseln, wenn er doch ein Mensch aus der Zukunft war?

Zwei Lösungsansätze erschienen Heiner naheliegend. Die erste Möglichkeit war, dass Frau Ransauer zu schlicht veranlagt war, um derart komplexe Probleme zu erfassen. Darum war der Kontakt mit ihr aus Wolfs Sicht unbedenklich. Doch dieser Gedanke war Heiner peinlich. Es war ebenso typisch wie herablassend von Gebildeten, dem ungebildeten Gegenüber Dummheit zu unterstellen. Die Gelehrtheit wurde meist von denen vehement als Tugend verteidigt, die nicht viel anderes vorzuweisen hatten. Heiner, der sich sein Leben auf eigenen Wunsch in ein isoliertes Studierzimmer hatte verlegen lassen, musste aufpassen, nicht in diese Falle zu tappen.

Vor die Wahl gestellt zwischen Unglück oder

Minderbegabung würden sich die meisten sofort gegen die Minderbegabung entscheiden, obwohl es doch eine Tatsache war, dass hohe Intelligenz das Glück im Leben ebenso verminderte wie Reichtum. Heiners eigene Studien hatten ergeben, dass sich die überaus menschliche Empfindung des Glücks dadurch einstellte, dass einem etwas unerwartet Gutes wiederfuhr. Durch Reichtum oder Intelligenz geschah einem Menschen jedoch wenig Unerwartetes und noch weniger unerwartet Gutes, Kluge neigten zum Pessimismus aus Erfahrung, und die Reichen konnten sich nicht darüber freuen, für gutes Geld gute Ware in Besitz zu nehmen, während sich Arme selbst über ein laues Wetter oder eine gute Suppe freuten. Das Streben der Menschheit nach Glück war also ein Aberglaube, tatsächlich strebte die Menschheit mit Macht nach dem Gegenteil.

Die zweite Möglichkeit war, dass Frau Ransauer Heiner unter Umständen mit jemandem verwechselte, eine Vermutung, die ihm durchaus plausibel erschien, jedoch notwendigerweise die Frage nach sich zog, mit wem sie ihn dann verwechseln könnte. Niemals zuvor war er mit jemandem verwechselt worden, und Frau Ransauer hatte nicht einmal bei ihrer ersten Begegnung auch nur mit der Wimper gezuckt.

»Die einzige Möglichkeit, Poe«, sagte Heiner eines Morgens, »besteht im Grunde genommen darin, dass sie mich mit mir selbst verwechselt.« Er lachte in den angelaufenen Zinnspiegel und beobachtete dann, wie sein Gesicht erstarrte. Was habe ich da gesagt?, durchfuhr es ihn. Er hatte diesen Satz in einer belanglosen Plauderei mit sich selbst fallengelassen, gewissermaßen ohne sich selbst richtig zuzuhören. Aber nun, ebenso wie das belanglos hingeworfene Wort eines Fremden plötzlich einen Gedanken anstoßen konnte, musste er über seine Worte nachdenken. Konnte es sein, war es möglich, dass Frau Ransauer Heiner mit ihm selbst verwechselte? Hatte es ihn schon einmal gegeben? Das würde alles erklären, ihre Gelassenheit, die Selbstverständlichkeit, mit der sie ihn von Anfang an behandelt hatte. Wie jede gute Antwort aber warf auch dieser Gedanke neue Fragen auf, in diesem Falle die dringliche Frage, woher ihn Frau Ransauer kannte, woher eine fränkische Dienstmagd aus dem fünfzehnten Jahrhundert einen weltläufigen Forscher aus dem einundzwanzigsten Jahrhundert kennen sollte. Das würde doch bedeuten, dass er, oder der, mit dem sie ihn verwechselte, schon hier gewesen sein musste, noch bevor er hier ankam. Unmöglich aber konnte er an zwei Orten gleichzeitig sein, oder in zwei Zeiten. Die Kontinuität seiner Person wurde jedenfalls durch die Seiten seines Manuskripts belegt, das er kontinuierlich fortgesetzt hatte.

Wenn er aber nicht immer schon hier gewesen war, dennoch die Wahrnehmung seines Hierseins durch die ganz und gar hiesige Frau Ransauer keinen Riss im Raum-Zeit-Kontinuum verursachte, dann konnte das nur heißen, dass er von Wolf ausgetauscht worden war. Und zwar musste er gegen jemanden ausgetauscht worden sein, der ihm zum Verwechseln ähnlich war. Und schließlich war es derselben Logik folgend unabdingbar, dass auch jemand die durch ihn hinterlassene Lücke im einundzwanzigsten Jahrhundert füllte. Heiner hatte seine regelmäßigen Ausflüge ins *Larifari* gemacht, ab und zu hatte er Elektropost erhalten, von der er manches beantwortet hatte. Kurzum, es war nicht viel, aber wenn sich um das Wenige niemand gekümmert hätte, wäre es womöglich aufgefallen. Ja, ein geeigneter Ersatz für seine Person war die einzige Lösung.

Natürlich verstand Heiner, dass sich jeder Mensch in der Überzeugung sonnte, einzigartig zu sein. Auf eine bestimmte Art traf das auch zu, so wie man mit etwas wissenschaftlicher Sorgfalt und Mühe eben auch jede Schneeflocke von der anderen unterscheiden konnte. Wenn es andererseits jemanden gab, dem klar war, wie unendlich wenig sich Menschen voneinander unterschieden, dann war es vermutlich Heiner. Er war überzeugt davon, dass die Einsicht in die Gleichheit der Menschen die Grundlage einiger der wenigen echten Fortschritte in der Geschichte der Menschheit darstellte.

Doch Heiner stand nicht so über den Dingen, dass

er nicht darüber nachgegrübelt hätte, mit wem er wohl ausgetauscht worden war. Wenn es sich nicht um einen komplizierteren Ringtausch handelte, würde ein Austausch immerhin bedeuten, dass jemand für ihn fünfhundert Jahre in die Zukunft versetzt worden war. Und er ging davon aus, dass dieser Mensch sich dies auch gewünscht hatte. Was hatte sich dieser Mensch davon versprochen?

Eines Abends, Heiner lag im Bett und war schon fast eingeschlafen, fiel es ihm plötzlich ein, wie einem ein Name, den man den ganzen Tag über zu sagen versucht hat, plötzlich einfällt. Heiner schreckte hoch. Er konnte am besten mit einem vor sich liegenden Blatt Papier und einem Stift in der Hand denken und verfluchte das Dunkel seiner Kammer, die durch die stinkende Talgkerze nur unzureichend erhellt wurde. Trotzdem beschrieb er eifrig Seite um Seite.

Der Gedanke war ganz einfach: Heiner war zunächst davon ausgegangen, dass die gesuchte Person ihm ähnlich sein musste. Aller Wahrscheinlichkeit nach war auch dieser andere ein Forscher, jemand, der die Welt besser verstehen wollte. Heiner hatte sich dann die Frage gestellt, was sich ein Forscher wünschen könnte, der hier an diesem Ort, in diesem Studierzimmer lebte. Und die Antwort auf diese Frage fiel Heiner mittlerweile nicht schwer: Er würde sich wünschen, in der Welt herumzukommen, mit vielen unterschiedlichen Menschen sprechen zu können, sich als Teil der Menschheit zu fühlen. Er würde sich wünschen, nicht mehr den starren Rhythmen und wechselnden Launen der Natur ausgesetzt zu sein. Er würde sich wünschen, nicht nur Bücher zu studieren, sondern etwas Körperliches zu tun, nicht nur zu lesen, sondern zu fühlen. Und genau das würde er in Heiners Zeit tun können.

Als er diesen Gedanken zu Ende gedacht hatte, war er sich sicher: Ein Ebenbild, vielmehr eine Art Spiegelbild von Heiner hatte seinen Platz im einundzwanzigsten Jahrhundert eingenommen. Statt in seiner Arbeit weiterzukommen, hatte er sich auf ein buntes Karussell setzen lassen. In gewisser Weise hatte also Frau Ransauer mehr gewusst als er selbst, als sie einfach davon ausging, dass er derselbe war wie immer. Selbst wenn Heiner schaffen sollte, was ihm im einundzwanzigsten Jahrhundert nie gelungen wäre, nämlich sein Manuskript zu beenden, den Sinn des Lebens zu finden, wäre das hier, in der Abgeschiedenheit des Hauses ohne jede Bedeutung.

Wolf hatte leichtes Spiel mit ihnen gehabt, mit Heiner und seinem Ebenbild. Die unerträgliche Wirklichkeit des einen war der Wunschtraum des anderen gewesen. Um ihren größten Wunsch zu erfüllen, hatte Wolf sie nur gegeneinander austauschen müssen. So hatten sie sich selbst, mit Wolfs bereitwilliger Hilfe, den Traum ihres Lebens zerstört. Diese Erkenntnis war nicht nur ein Albtraum, diese Erkenntnis war die Hölle.

Zerknirscht ließ Heiner seinen Kopf auf die Schreibtischplatte sinken. Zwischen Manuskriptseiten und Ausarbeitungen blickte er auf die Bücherstapel, die sich auftürmten wie ein papierenes Bergpanorama und wurde das Gefühl nicht los, Wolfs höhnisches Lachen aus den Schluchten hören zu können. Dann schloss er die Augen.

Zwölftes Kapitel: **Falsche Symbole**

»Haben Sie das?«

»Ja«, sagte Sophia.

»Und wie geht es jetzt weiter?«

»Woher soll ich das wissen?«, fragte Sophia.

Der Maulwurf stand nervös von seinem Schreibtisch auf, lief ein paar Schritte hin und her, um schließlich stehen zu bleiben und seine Augen aufs Fenster richten. »Sehen Sie, mir geht es genauso. Ich kann es nicht sehen«, sagte er.

»Ich weiß«, sagte Sophia mit Bedauern in der Stimme.

»Ich meine nicht den See oder irgendwelchen landschaftlichen Plunder«, sagte der Maulwurf ungehalten. »Ich kann das Ende der Geschichte nicht sehen.«

»Ich weiß«, erklärte Sophia.

»Ich sehe allen möglichen Unsinn«, schimpfte der Maulwurf. »Ich sehe die dümmlichen Gesichter meiner Nachbarn, wenn sie hier vorbeikommen. Ich sehe einen Braeburn, wenn ich ihn esse, obwohl ich der Meinung bin, dass gerade das Aussehen dieses Apfels in starkem Kontrast zu seinem Geschmack steht. Das feste Fruchtfleisch und die angenehme Säure sind unvergleichlich gut, aber die grünlich und bräunlich schimmernde Schale macht alles zunichte. Immer wenn ich einen Braeburn esse, habe ich dieses Bild vor mir. Nur das Ende meiner Geschichte kann ich nicht sehen. Ich frage mich oft, was ich von meinen Schlaganfällen gehabt haben soll, wenn ich mir noch nicht einmal aussuchen kann, wofür ich blind bin. Dass ich sehen kann, was ich nicht sehen will, und blind bin für das, was ich sehen möchte, das macht mich verrückt.«

Sophia schwieg. Unwillkürlich schaute sie auf die Tastatur, die vor ihr auf dem Tisch lag. Sein Sohn hatte sie wohl in Thailand gekauft. Noch niemals zuvor hatte Sophia eine Tastatur gesehen mit solchen Zeichen. Sie waren von unglaublicher Schönheit und lagen mal wie Tiere ɑ, dann wie verschlungen wachsende Pflanzen ਬ, dann wieder wie Wellen oder Wolken ყ vor ihr. Welche Kraft von diesen bildhaften Zeichen ausging, und wie erstaunlich es war, dass man mit Schriftzeichen von solcher Schönheit auch Mahnbescheide und Gebrauchsanweisungen zum Aufstellen einer Waschmaschine verfassen konnte. Sophia dachte darüber nach, wie weit sich die westliche Welt von der Erkennbarkeit ihrer Buchstaben entfernt hatte. Ein »A« war nur ein »A«, drei Striche, die Entsprechung eines Lauts, ein Baustein für Worte. Doch wie die Zeichen auf der Tastatur vor ihr, hatte sicher auch das »A« einmal eine konkrete Bedeutung gehabt. Und warum sollte diese Bedeutung nicht mehr vorhanden sein? Vielleicht würde ein Thailänder, der die lateinischen Buchstaben nicht kannte, ihre symbolische Bedeutung ebenso leicht entschlüsseln können, wie Sophia es mit dem thailändischen Alphabet möglich schien.

Es war der Sohn vom Maulwurf, der sie damals eingestellt hatte. Der Sohn hatte ihr das Haus gezeigt und sie dem Maulwurf vorgestellt. Im ersten Stock, als er Sophia ihre Räume zeigte, hatte der Sohn dann gesagt: »Setzen Sie sich einfach hin und tippen Sie. Tun Sie so, als würden Sie schreiben. Mein Vater hatte einen Schlaganfall und ist seitdem ziemlich durcheinander. Setzen Sie sich einfach hin und tippen herum. Das Letzte, was wir oder irgendjemand sonst gebrauchen kann, ist ein wirres Manuskript meines Vater, das ihn für immer ruiniert.«

»Aber warum soll ich nicht einfach auf Deutsch mitschreiben?«, hatte Sophia ihn gefragt. »Ich kann mit zehn Fingern tippen, wissen Sie. Das macht mir nichts aus.«

»Darum geht es doch gar nicht«, hatte der Sohn ärgerlich erwidert. »Mein Vater ist nicht mehr ganz richtig im Kopf. Was er redet, was er denkt, was er fühlt, ist alles nicht normal. Wenn so ein Manuskript dem Falschen in die Hände fällt, dann ist es vorbei mit seinem guten Ruf. Dann werden Journalisten anrufen und unangenehme Fragen stellen, sein ganzes Werk könnte in den Schmutz gezogen werden. Tippen Sie irgendetwas, und lassen Sie dem alten Mann seinen Frieden.«

Um nichts dem Zufall zu überlassen, hatte er dann diese Tastatur angeschlossen, auf der sie später tippte, während der Maulwurf die Geschichte erzählte.

Sophia saß nun da, während der Maulwurf mitten im Raum stand, und blickte auf den Bildschirm mit den vielen Zeichen, die ihr im Laufe der Zeit immer vertrauter geworden waren. Sie war nicht bewandert auf dem Gebiet der Literatur, aber sie konnte sagen, dass ihr die Geschichte gefiel, die der Maulwurf erzählte. Ihrer unbedeutenden Meinung nach war es ein gutes Buch, und das machte sie geradezu panisch.

Diese Geschichte in sich tragen zu müssen, ohne sie festhalten zu können, empfand sie als viel zu große Verantwortung. Deshalb hatte sie sich bemüht, so zu schreiben, als stünden auf der Tastatur die lateinischen Buchstaben, auch wenn sie sich nicht mehr ganz sicher war, wo diese genau lagen. Sorgsam speicherte sie mehrmals am Tag den vollkommen unlesbaren Text ab. Sophia hatte die Hoffnung, dass es später vielleicht technisch möglich wäre, das von ihr Geschriebene wieder lesbar zu machen. Jeden Tag und jede Stunde aber fürchtete sie den Moment, in dem der Maulwurf sich nach einem vorhergehenden Absatz erkundigen würde. Ein paar Sätze konnte sich Sophia leicht merken, aber was, wenn er nach einem früheren Kapitel fragte. Zu ihrer Erleichterung tat der Maulwurf nichts dergleichen.

»Es ist merkwürdig«, unterbrach der Maulwurf ihre Gedanken. »Wenn ich hier umherlaufe und Ihnen die Geschichte erzähle, ist es fast so, als würde ich das Ganze auch nur Ihnen, nur für Sie erzählen. Eine beiläufig erfundene Geschichte, aus dem Stegreif erfunden, für den Moment gemacht. Das Märchen einer Mutter, die es ihrem Kind beim Haarewaschen erzählt, die Fabel des Angestellten, der seine Verspätung am Arbeitsplatz entschuldigt. Oder natürlich die Legende des Mannes, der eine Frau zu beeindrucken hofft, vage biografisch orientiert, mit zahllosen Ausschmückungen versehen.

Und so ist es doch immer. Was weiß denn ich, was die Leser gelesen haben, denen meine Bücher gefallen haben? Vielleicht haben sie an dem Tag, als sie es lasen, eine Operation überlebt, vielleicht saßen sie übermüdet in der Wartehalle eines Flughafens? Ich habe ein paar von ihnen bei Lesungen getroffen, und ich hatte niemals den Eindruck, dass sie das Buch gelesen hatten, das ich meinte geschrieben zu haben.

Es gibt nachweislich und amtlich bestätigt schwachsinnige Menschen, die Kunst geschaffen haben, von der alle maßgeblichen Experten meinen, dass sie großartig sei. Menschen, die aufgrund ihrer geistigen Behinderung nicht in der Lage wären, sich selbst ein Stück Brot zu kaufen – und doch hängen ihre Bilder in den Museen, in die sehr viele sehr viel klügere Menschen sich nicht hineinmalen konnten.

Jedenfalls, Sophia, wäre ich ganz und gar einverstanden mit Ihnen als einzigem Menschen, der diese Geschichte kennt. Das wollte ich nur gesagt haben.«

Ahnte er etwas?, fragte sich Sophia bestürzt. Konnte er aus dem falschen Klappern der Tasten Schlüsse ziehen? Konnte er etwa ihre Gedanken lesen, oder war er vielleicht doch nicht blind? Nicht einmal diese letzte Möglichkeit wollte sie ausschließen, wenn sie den Gemütszustand des Maulwurfs in Betracht zog. In gewisser Hinsicht hatte er diese Welt schon seit einer Weile verlassen, und Vergnügen schien ihm nur noch der Verzicht auf jedwede Freude zu bereiten. Sophia konnte sich vorstellen, dass sie nur Teil irgendeines Spiels war. Aber welche Rolle sie in diesem Spiel spielte, wer die Regeln aufstellte und wer die anderen Mitspieler waren (war der Sohn nur eine Randfigur, oder hielt er die Fäden in der Hand?), wusste sie nicht, ebenso wenig konnte sie ahnen, wie das Spiel ausgehen würde. Immer mehr empfand sie das geräumige, lichtdurchflutete Haus als unerträglich eng.

Zutiefst verstört verließ Sophia eines Nachts

heimlich das Haus. Was ließ sie zurück? War es ein hilfloser Maulwurf mit einem Manuskript, das unvollendet, ja eigentlich sogar unbegonnen war? Oder war es eine lachende Schar von Menschen, die ihre eigene wirtschaftliche Sicherheit so schlecht ertragen konnten, dass sie sich Spiele zur eigenen Zerstreuung ausdachten? Was auch immer hier gespielt wurde, es war kein Spiel, in dem es Gewinner geben konnte. Das Einzige, was ihr half, war der Abstand, den sie mit jedem vorsichtigen Schritt durch die Nacht für sich gewann.

Dreizehntes Kapitel: **Gesetzmäßigkeiten**

»Als ich zurück in der Stadt war, fiel mir bald wieder ein, warum ich sie verlassen hatte«, sagte Sophia. »Ich hielt den Blick gesenkt, aber ich spürte die Menschen um mich herum, ihre Wünsche, ihre Fragen, zu denen ich die Antworten hatte. Irgendwann stand ich an dieser Ampel. Ich hob den Blick und sah auf die andere Straßenseite. Ich sah in hungrige Augen, und wenn die Ampel auf grün schalten würde, würden sie alle auf mich zukommen, die jungen, unglücklichen Frauen, die alten, verlassenen Männer, die traurigen Mütter, die betrogenen Väter. Mein Sturz war nicht direkt eine Entscheidung. Meine Entscheidung war nur, mich nicht dagegen zu wehren. Sofort spürte ich eine Erleichterung. Auf dem Pflaster begrüßte mich eine Art von Stille, wie ich sie mir immer erträumt hatte.«

»Ich verstehe«, sagte Sebastian. Das war nicht eben die einfachste Geschichte, die er jemals gehört hatte, obschon er durch seinen Beruf schon eine Menge schwieriger Geschichten gehört hatte.

Das fahle Licht des Morgens fiel durch die nackten Fenster und mischte sich mit der reduzierten Neonbeleuchtung, die vermutlich gemäß einer Richtlinie an die Bedürfnisse der Nacht angepasst worden war. Es herrschte ein gelblich graues Licht im Raum, das unangenehm für die Augen war und sich ungesund anfühlte, aber seine nebelgleiche Dichte schien immerhin die piependen Geräusche der Maschinen zu dämmen.

»Fragen Sie mich ruhig«, forderte Sophia Sebastian auf.

»Was meinen Sie?«

»Fragen Sie mich ruhig das, was Sie fragen wollen.«

»Ich wollte Sie nichts fragen«, sagte Sebastian.

»Sie unterschätzen mich«, bedeutete ihm Sophia. »Ich hatte Ihnen doch erklärt, dass ich Gedanken lesen kann. Also fragen Sie mich schon, was Sie fragen wollten!«

»Na gut«, seufzte Sebastian und merkte, wie sich sein Körper anspannte und ihm der Schweiß unter seinem harten blauen Hemd herunterlief. »Wie geht es weiter?«

»Das wissen Sie längst: Es geht nicht weiter.«

»Aber warum? Ruhen Sie sich doch erst einmal aus, erholen Sie sich ein wenig, und dann sehen wir weiter.«

»Sie leiden an einer Art Berufskrankheit«, lächelte Sophia. »Es geht immer nur weiter, der nächste Handgriff, das bessere Medikament, noch eine Therapie, ein anderes Krankenhaus. Aber es gibt auch Sackgassen, Berggipfel, das Ende der Fahnenstange. Und Sie wissen es längst: Meine Geschichte endet hier.«

»Das muss sie nicht.«

»Doch, sie muss«, korrigierte Sophia ihn. »Es gibt verschiedene Arten von Notwendigkeiten. Physikalische, physiologische und erzählerische. Diese Notwendigkeiten hängen nur bedingt zusammen, physikalisch Unmögliches wie Zeugung und Geburt können physiologisch passieren. Physikalisch Unmögliches kann erzählerisch überwunden werden, denken Sie nur an die ›Reise zum Mittelpunkt der Erde‹. Aber ebenso, wie es auch physikalische Notwendigkeiten gibt, denen sich alle Physiologie beugen muss, gibt es auch erzählerische Notwendigkeiten, die alle Physik überwinden. Und das hier ist das Ende meiner Geschichte, egal ob Sie die Geräte um mich herum laufen lassen oder abschalten werden. Bitte lassen Sie mich nicht betteln, bitte lassen Sie mich nicht Sätze sagen wie: ›Ich kann nicht mehr.‹ Sie werden der Erste sein, der mich jemals angenommen, der mich als Person wahrgenommen hat. Sie werden derjenige sein, der mich gehen lässt. Das war meine Hoffnung von Anfang an.«

»Was soll ich tun?«, fragte Sebastian hilflos, und es klang ihm wie das Echo von etwas, das er vor langer Zeit einmal gesagt hatte.

»Wenn Sie wirklich verstehen, dann wissen Sie, was zu tun ist.«

Das metallene Bettgestell drückte sich tief in Sebastians Handballen und während die Minuten vergingen, spürte er, wie das Licht der Nacht zu einem fahlen Morgen wurde. In Sebastian breitete sich ein Gefühl aus, das ihn Sophias Wunsch verstehen ließ, und je mehr er diesem Gefühl nachgab, desto weniger spürte er Sophias Gegenwart.

Offenbar war es nun auch offiziell Morgen geworden, eine automatische Schaltung tauchte die Station in gleißend helles Neonlicht. Kurz darauf schaltete Sebastian die Geräte aus. Bald würde die Visite anfangen.

Ende, ein Anfang

Unsicher sah Boris Rebecca an, die tief in ihrem Stuhl lag, die Füße auf der Tischplatte. »Fertig«, sagte er erschöpft. Draußen war es längst dunkel geworden, auf dem Tisch standen ein Haufen benutzter Tassen und zwei Wassergläser, zwischen denen unzählige Lebensmittelpackungen verstreut lagen.

»Ja«, sagte Rebecca. »Aber das ist doch kein Anfang.«

»Was meinst du damit?«, wunderte sich Boris.

»Du hast gesagt, es wäre ein Romananfang. Aber jetzt ist die Geschichte schon zu Ende.«

»Du täuschst dich«, sagte Boris. »Sieh es einmal aus meiner Sicht: Eine Frau kommt zu einem Mann ins Büro, in dem dieser Mann ein wirtschaftlich vollkommen aussichtsloses Geschäft betreibt. Der Mann hält die Frau für wunderschön, vor allem deshalb, weil sie wunderschön ist. Die Frau seiner Träume im Geschäft seiner Träume. Doch wir wissen, dass es nicht funktionieren kann. Das Geld des Mannes reicht höchstens noch für ein, zwei Monatsmieten, dann muss er den Laden aufgeben. Und die Frau wird sich ihren Mantel wieder anziehen und gehen. Damit sie nicht geht, damit der Moment seines Glücks noch ein wenig andauert, erzählt er ihr eine Geschichte. Solange er erzählt, ist er auf dem Höhepunkt seines Lebens. Wenn die Geschichte endet, endet auch die beste Zeit für ihn. Von hier an kann es nur noch bergab gehen. Die Frau hört zu, aber die Geschichte wird enden.

Ein Anfang also, wenn du mich fragst.«

»Und was ist mit der Frau?«, fragte Rebecca.

»Was soll mit ihr sein? Sie zieht sich ihren Mantel über und geht. Noch Stunden später wird er ihren Duft in der Nase haben.«

»Aber warum geht die Frau?«

»Wie meinst du das?«, fragte Boris noch einmal.

»Erinnere dich, die Frau ist wunderschön. Sie kann jeden Mann haben, den sie will, vermutlich hat sie sogar schon den Mann, den sie will. Sie wird sich sicherlich nicht mit einem Träumer aufhalten, dessen Traum ausgeträumt ist.«

»Aber woher willst du das wissen?«, erwiderte Rebecca. »Die Frau hat ihm doch stundenlang zugehört. Und vielleicht ist es ihr egal, wie sie oder irgendjemand anderes aussieht, verdient oder frisiert ist. Schließlich sind Menschen doch keine Zuchttiere, die nach der Beschaffenheit ihres Fells gepaart werden. Wir können uns aussuchen, mit wem wir unsere Zeit verbringen.«

»Das klingt natürlich großartig«, sagte Boris. »Aber die Wirklichkeit sieht doch anders aus. Jeder sagt zwar, dass es ihm nicht auf Äußerlichkeiten ankomme, aber frag doch mal kleinwüchsige Männer mit Glatze, wie sie das sehen. Tolle Frauen finden tolle Männer, und das weiß unser Erzähler natürlich.«

»Aber vielleicht hat die Frau die Nase voll von tollen Männern«, beharrte Rebecca. »Tolle Männer, die mehrfach täglich ihre Großartigkeit bestätigt bekommen wollen. Tolle Männer, die nach ein paar Wochen zu suchen beginnen, ob sie nicht eine noch tollere Frau finden können und ihre vierzigjährige Frau gegen zwei zwanzigjährige eintauschen wollen. Vielleicht will diese tolle Frau – und wer weiß, ob sie sich selbst überhaupt dafür hält – einmal ausdrücklich einen Mann, der mehr ist als nur toll?«

»Unser Erzähler glaubt nicht an so was«, seufzte Boris.

»Warum nicht?«

»Weil es so was nur in Büchern gibt. In der Realität nehmen solche Frauen ihren Mantel und verlassen einfach die Büros, Wohnungen oder Gärten solcher Männer.«

»Ja, aber es ist doch ein Buch«, sagte Rebecca.

»Du hast vielleicht recht«, stimmte Boris zögernd zu.

»Lass uns doch morgen darüber reden, wie es weitergeht«, schlug Rebecca vor. »Ich möchte jetzt etwas Richtiges essen, von diesem ganzen süßen Zeug wird einem nur schlecht. Zu Hause habe ich noch eine Kürbissuppe, die ich in aller Bescheidenheit großartig nennen möchte. Kommst du?«

»Natürlich.«

Nachdem er Rebecca in ihren Mantel geholfen hatte, zog Boris sich eilig eine Jacke über, schaltete das Licht aus und schloss den Laden ab. Einen Moment fragte er sich, ob es richtig war, dass sie ihm den Arm anbot, und ob nicht er dies hätte tun sollen, aber dann hakte er sich vorsichtig bei ihr ein.

Erstes Kapitel:

Verworfene Ideen   5

Zweites Kapitel:

Fragen und Projekte   15

Drittes Kapitel:

Hoffnungsvolle Anfänge   35

Viertes Kapitel:

Sophias Fall   49

Fünftes Kapitel:

Eine Station   63

Sechstes Kapitel:

Der Maulwurf und die Mauer   83

Siebtes Kapitel:

Ein Lokal, ein Student, ein Dritter   99

Achtes Kapitel:

Das Böse an sich   115

Neuntes Kapitel:

Das Geschäft   133

Zehntes Kapitel:

Das Haus, die Bewohner, die Zeit   137

Elftes Kapitel:

Zwei Männer, ein Gedanke   147

Zwölftes Kapitel:

Falsche Symbole   159

Dreizehntes Kapitel:

Gesetzmäßigkeiten   167

Ende, ein Anfang   171